スープ屋しずくの謎解き朝ごはん
朝食フェスと決意のグヤーシュ

友井 羊

宝島社
文庫

宝島社

目次

スープ屋しずくの謎解き朝ごはん　朝食フェスと決意のグヤーシュ

第一話

優柔不断なブーランジェリー

1

十一月も半ばに差しかかり、空気が冷たさを帯びていた。

窓から早朝の光がスープ屋しずくの店内を照らす。奥谷理恵はブイヨンの香りが漂うカウンター席に腰かけていた。

目の前には白色の平皿が置かれ、赤みがかったオレンジ色のポタージュが盛られている。とろみのついたポタージュの表面にオリーブオイルが一回ししてあり、刻んだパセリが散らされていた。

「いただきます」

食材や生産者、流通に関わる人たち、そしてこのポタージュを手間暇かけて作ってくれた麻野に対する感謝を言葉に込める。

木製の匙の先を沈め、本日の日替わりスープである人参と生姜のポタージュを口に運ぶ。

理恵はまず食感の滑らかさに驚く。デンプン質は控えめで、さらっと舌の上を流れた。人参の甘みは強く、独特の癖も個性として適度に残されている。生姜は香りの輪郭が明瞭で、食欲を刺激してくれた。

「美味(おい)しい……」

生姜は辛みが穏やかで、口当たりは柔らかい。生姜の風味だけが抽出された印象だ。熱すぎずぬるすぎない適温に調整され、素材の味が最も活かされていると感じた。

カウンターの向こうに顔を向けると、麻野は楽しげな様子で生姜の皮剝(かわむ)きをしている。野菜に向ける優しい眼差(まなざ)しと慈しむような手つきに見惚(みと)れる。きっと素材に対する丁寧さも味に繋(つな)がっているのだろう。

スープ屋しずくの店主の麻野は三十代半ばで、理恵より少し年上だ。白いリネンシャツに茶色のコットンパンツ、黒色のエプロンという格好は、百八十センチ近くあるという長身と細身の体型によく似合っていた。

時刻は午前の七時半過ぎだ。理恵はスープ屋しずくの朝ごはんを味わうため、早起きしてこの店にやってきた。

スープ屋しずくはオフィス街の路地に佇(たたず)むスープをメインにしたレストランだ。店は十坪くらいで、壁は清潔な白色の漆喰(しっくい)が塗られている。テーブルや椅子はダークブラウンで統一され、暖色の照明が柔らかく店内を照らしていた。

昼どきは良心的な価格で栄養たっぷりなスープランチを提供し、近隣の会社員に愛されている。ディナータイムはワインに合う煮込み料理やスープがメインのビストロスタイルが人気を博していた。

そんなスープ屋しずくには、大きく宣伝していない秘密の営業時間がある。平日の朝六時半から二時間、朝ごはんを出しているのだ。ただし日替わりスープの一種類のみで、パンとドリンクがセルフサービスで食べ放題なのだ。

理恵はバゲットのスライスを口に運ぶ。食べ放題のパンのカゴには、近所の専門店から仕入れたという焼きたてのパンが盛られている。麻野もたまに焼くことがあり、スープのお供に最適だった。

ルイボスティーを飲み、ひと息つく。

コーヒーや紅茶、オレンジジュースなどが用意されているなか、理恵はルイボスティーを愛飲している。ミネラルを含んだ甘い香りのお茶で、ノンカフェインのため胃痛持ちの理恵のお気に入りなのだ。

「ふう」

ため息をつくと、麻野が心配そうな表情を向けてきた。

「お疲れでしょうか？」

「いえ、ただ戸惑うことばかりで」

理恵は昨年、長く勤めた会社から移った。ただし今まで働いてきたフリーペーパー・イルミナの編集部ごとの移籍のため、仕事内容は変わらないと思っていた。

だけど新しい職場に慣れはじめた矢先、予想もしなかった業務命令を受けた。その仕事は無事に終えたものの、次に与えられたのはまたもや別の業務だった。

「まさか一切経験のないイベント運営の仕事をするとは思いませんでした。急な退職者が出て人員が足りず、私にお鉢が回ってきたんです。正直、慣れないことばかりで毎日戸惑っています……」

「それだけ理恵さんへの信頼が厚かったのでしょう」

麻野の励ましに、何とか微笑みを返す。

「ありがとうございます。本音を言うと、やり甲斐も感じています」

理恵は現在、イベントに参加してほしい店舗への出店交渉を担当している。クーポンマガジンで培った店側とのコミュニケーションスキルを活かせると、上司は判断したらしい。

人気の店を会議で選定し、イベントへの出店を打診する。最初から断られる場合も当然あるが、相手が興味を示せば対面で丁寧に説明し、メリットを具体的な数字を提示しながら交渉を進める。

雑誌を作るときも店舗を直接訪問し、広告の掲載をお願いしてきた。出稿する意味を伝え、相手が前向きな気持ちで広告を出せるよう努めるのだ。

勝手の異なることは少なくないが、業務内容に共通点が多いのも確かだ。だからこそイベント運営の仕事が回ってきたのだろう。

スープを味わいつつ、店内奥にあるブラックボードに目を向ける。スープ屋しずくでは毎回、日替わりスープで使われる食材の栄養素を解説してくれるのだ。

生姜の香り成分はシネオールと呼ばれ、疲労回復に効果があるという。また、辛味成分であるショウガオールは新陳代謝を活発にし、身体を温める働きがあるらしい。疲れ気味の朝に摂る活力としてぴったりの食材なのだ。

効能を眺めていると店内奥のドアが開き、女の子が顔を出した。さらさらとした長い黒髪が印象的な少女は、麻野の一人娘の露だ。

露は店内を見回し、理恵を確認して表情を綻ばせた。

初対面では小学四年生だったが、今は小学六年生だ。背丈や手足も伸びて、面差しにも大人びた雰囲気が芽生えている。

「おはようございます」

「おはよう、露」

「露ちゃんおはよう」

露の挨拶に、理恵たちは返事をする。父親と一緒に食事を摂るため、露はしずく店内で朝ごはんを食べることがある。ただし人見知りが激しいため、客席の様子を観察して引っ込んでしまうこともあった。ただ最近は慣れたのかその頻度も減っている。

露はカウンターを回り込み、パンとドリンクを用意してから理恵の隣に腰かける。

するとど麻野が露の前に皿を置いた。

「今日は人参と生姜のポタージュだよ」

「ありがとう、お父さん」

　オレンジ色のポタージュに露が目を輝かせる。露は父親が作る料理が心から大好きなのだ。露は木の匙でポタージュをすくい、口に運ぶと満面の笑みを浮かべた。

「美味しい。人参の嫌な感じが全然気にならない」

「気に入ってもらえて良かった。人参がそれほど得意じゃない露が大丈夫なら、きっとみんなに喜んでもらえるね」

　麻野が目を細める。露に向ける優しい眼差しが、麻野の表情のなかで特に好きだった。そこでふいに露の視線を感じる。見入っていたことで、顔が赤くなっていたかもしれない。困惑していると、露が質問をしてきた。

「お父さんが今度出るイベントって、理恵さんの会社がやるんですね」

「そうなの。麻野さんが引き受けてくれて、とても助かっちゃった」

　話題は理恵が手がけるイベントの件らしい。

「食べ物のイベントには前にも行ったことあって、すごく面白かったです」

「他の食フェスに足を運んだことがあるんだね」

　食イベントは十数年前から流行し、現在は全国各地で開催されている。

「去年だったかな。慎哉くんに連れられて、お父さんと一緒にビールのイベントに行きました。ドイツ民謡の演奏がにぎやかで、お祭りみたいな雰囲気が楽しかったな。私はソーセージとかのドイツ料理ばかり食べていました」

露が参加したのはオクトーバーフェストだろう。ドイツの祭典を模したもので、世界各国のビールや日本各地のクラフトビールが楽しめるため人気を博している。

「慎哉くんは昼間からたくさんビールを飲んで、帰るころにはベロベロに酔っていました」

「想像できる」

慎哉はスープ屋しずくのウェイター兼ソムリエだ。朝営業には顔を出さないが、ランチやディナーでは軽妙なトークで客を楽しませている。浅黒い肌と逆立った茶髪は軽快な雰囲気を醸し出していて、本人の性格も見た目の印象通りである。

「お父さんは屋台にいた料理人さんと、煮込み料理の話でひたすら盛り上がっていたんですよ。あまりに長く話し込んでいたから、接客担当の店員さんから料理人さんと一緒に注意されたんだよね」

「……そんなこともあったね」

麻野が気まずそうにしている。料理や調理器具の話にのめり込み、周囲が見えなくなるのはいつものことだった。

食フェスは初期、全国のご当地グルメを一堂に集めることでメディアなどに取り上げられた。大きなくくりのイベントが流行った後は、ラーメンや激辛グルメなどジャンルが細分化されていく。海外の料理を扱ったイベントでは大使館の後援を受けることもあった。

そんななかで理恵が参加する企画は、朝活をテーマにしたイベントだ。

ライフスタイルが多様化するなか、朝活が注目されている。主に早起きして朝食を満喫したり、ジョギングやヨガ、資格の勉強や交流会に勤しむなどの活動を意味することが多い。

会社帰りだと力尽き、自分のための勉強に集中することは難しい。夜中まで活動すると、なおさら心身に悪影響を及ぼしてしまう。

だけど朝であれば活力も満ち、心と身体も健やかに保てる。自分のエネルギーを自分のために費やせる。それが朝活の魅力であり、朝活とは何かを広めることが今回のフェスのコンセプトだった。

元々は理恵の会社の社長が、朝活を気に入ったのが出発点だったらしい。そして朝活に関連する企業ともコネクションがあったことも加わり、新たな市場を開拓するため開催する運びになったのだ。

会場は都内の公園を押さえることができた。食フェスを頻繁に開催しているため、イベントには最適な場所だった。

朝活フェスでは朝食の出店の他、ヨガ教室やトレーナーによるジョギング、ウォーキングの講習とアイテム販売、資格試験のセミナーなどが予定されている。他にも朝市での野菜の販売や読書用のブースなども企画検討されていた。

メインとなる朝食では、現時点だと人気のパン屋が手がけるサンドイッチや老舗中華料理店の朝粥、行列のできるパンケーキ屋などが決まっている。

そのほか複数のお店に声をかけているが、現状では予定する店舗数に届いていない。そこで理恵がこの仕事に就いた際、他のチームメンバーから心当たりを訊ねられた。

理恵は真っ先にスープ屋しずくを思い浮かべた。

朝活フェスのコンセプトのひとつに、『朝食の魅力を伝える』とあった。麻野の理念とも合致する。だけどその場ではスープ屋しずくを提案しなかった。

スープ屋しずくは朝営業について特に宣伝していない。ショップカードにも記載がないし、投稿式のグルメサイトの情報にも触れられていない。

完全に秘密にしているわけではないし、最近だとネットで隠すことも難しい。だけど来店客も内緒にしたいと思うのか、検索しても驚くほど情報が少なかった。

麻野も以前から、口コミや偶然で緩やかに来客があればいいと話していた。理恵もそうやってたどり着いた。

イベントに出ることで朝営業が知れ渡り、店が混雑するかもしれない。そうすれば朝の時間が慌ただしくなり、麻野が望むゆったりとした時間が失われる可能性がある。そんな危惧を抱き、担当者に伝えるのを躊躇したのだ。

だけどスープ屋しずくの魅力を、朝活フェスを通じて紹介したいとも思った。そこで反応を窺うため、まずは企画のコンセプトや概要を麻野に伝えることにした。

すると麻野は予想外に興味を抱き、参加に前向きな様子を見せた。そして慎哉とも相談の上、あっさりと出店を決めたのだった。

朝活フェスは土日に行われる予定だ。日曜は定休日だけど、土曜は臨時休業にする必要がある。それでも麻野は普段とは別のアプローチで、より多くの人々に朝食の魅力を広めることも必要と考えたのだと教えてくれた。

そしてもう一つ、麻野が出店を決めた理由があるという。それは出店予定の一覧に、ブーランジェリー・キヌムラがあったことだった。

ブーランジェリー・キヌムラは今回のイベントの目玉となるパン屋で、都内でも屈指の人気を誇っている。店主の絹村亘はこれまでどんなイベントにも出たことがなかった。だが前任者が駄目元で依頼したところ、引き受けてくれることになったのだ。

麻野は何度かキヌムラのパンを食べたことがあるという。その味は麻野にとって衝撃だったらしく、キヌムラと同じイベントに出られることが出店を決めた大きな動機になったようだ。

　スープ屋しずくの朝ごはんは多くの来場者に喜ばれるはずだ。会社に提案すると、競合する他店もなかったためラインナップに加わることになった。

「そろそろ出社しますね」

　食事を終え、会計を済ませる。

「いってらっしゃいませ」

「理恵さん、お仕事がんばってね」

　麻野や露に見送られながらドアをくぐり、アスファルトの道路を踏みしめる。細い路地を抜けて大通りに出ると、たくさんのスーツ姿の男女が歩道を行き交っていた。

　長年向かった会社とは逆の方角に足を向ける。目的は地下鉄で、出社のためには再び電車に乗る必要がある。階段を降り、定期券を改札にタッチした。

　仕事に励もうという意欲が湧き、自然と足取りが軽くなる。麻野の作る温かなスープと、店が生み出す優しい空気は理恵の活力になってくれる。ホームに立つと強い風と共に満員電車が滑り込んできた。

2

馴染（なじ）みのない私鉄の改札を抜けると、駅前はすぐに商店街になっていた。アーケード街には不動産屋やチェーンの弁当屋が並んでいる。

時刻は午後五時半、辺りは薄暗かった。スマートフォンで地図を確認しながら、理恵は駅から遠ざかる。商店の数が減るにつれマンションが増え、通行人の数も少なくなった。

大通りを越えると景色は住宅街の装いになった。空を薄い雲が覆い、朝にはなかった冷たい風が吹いている。

路地を進むと、四階建ての鉄筋コンクリート造の小さなマンションが目に入った。一階のテナントにブーランジェリー・キヌムラが入居している。

マンションの前は駐車場で、四台分すべてが埋まっていた。建物を囲うように植木が並び、年配の男性が剪定（せんてい）ばさみで枝を切っている。ガラス張りの店内には客がトレイとトングを手に棚のパンを選んでいた。

理恵は前任者からキヌムラの担当を引き継いだ。挨拶は先週済ませ、店を訪れるのは二度目になる。入店すると「いらっしゃいませ」という元気の良い声が響き、焼けた小麦の芳ばしい香りが鼻孔をくすぐった。

　店頭にはバゲットや食パン、クロワッサン、ベーコンエピ、カレーパンなどの定番商品が置かれていた。ソーダブレッドがあるのも珍しい。他にも手作りハムと新鮮な野菜を使ったサンドイッチやスコーンなども人気らしい。だが午後六時の閉店が近づいているため品数は少なかった。

　パンを陳列している一画の奥に、簡素な座席が用意されていた。朝七時から営業しているため朝食を楽しめ、近隣住民の憩いの場になっているという。
手が空いていそうな店員に声をかけた。店員は白色の制服にエプロンという格好でマスクをしている。理恵が名乗ると、事務室に案内してくれた。

　ノックすると返事があり、引き戸を開けた。事務室の中央に簡素なテーブルがあり、ブーランジェリー・キヌムラの店主である絹村がオフィスチェアに座っていた。部屋の奥に小さな窓があるが、磨りガラスのため外の景色は見えない。

「ご足労いただいてすみません。時間も遅い時間に合わせてもらって申し訳ないです」

「いえ、お気になさらないでください」

　絹村が立ち上がり、深々と頭を下げる。第一印象と同じく腰の低い人物だと感じた。
書類によると四十五歳なので理恵よりも年上になる。

　テーブルを挟んで向かい合い、理恵は書類を取り出した。

屋外で飲食物を販売する以上、火災や食中毒のリスクも考慮して保険の加入を必須にしている。他にも食品衛生責任者の資格を持つ人が常駐する必要があり、事前に名前の提出をお願いしていた。

また、メニュー内容も運営側であらかじめ確認している。過去には、とある食フェスで生肉に近い鶏肉を出し、カンピロバクター菌による食中毒が発生している。こうした問題を事前に防ぐのが目的だった。

さらにプロパンガスやコンロの数など、決めるべき要項は無数にある。すると書類束に目を通していた絹村が途中で手を止め、紙面に顔を近づけた。

「スープ屋しずくさんも出店されるのですね」

「ご存じでしたか？」

ブーランジェリー・キヌムラは東京でも郊外にあり、都心にあるスープ屋しずくとは距離が遠い。絹村が嬉しそうに目を輝かせる。

「もちろんです。一度しか伺っていませんが、素晴らしいスープを味わえました」

「絹村さんに高く評価され、スープ屋しずくの御店主も喜ぶかと思います」

仕事中なので感情を抑えたが、我がことのように嬉しかった。

「本日は保険関係の書類と、契約書への署名捺印をお願いできればと思います。設備関連のレンタル数は、後日ご提出いただきたいと考えています」

絹村が書類から顔を上げる。なぜか表情には翳りが見えた。

「言いにくいのですが……、サインは待ってもらえますか？」

「えっ」

突然のことで、とっさに反応できない。絹村は申し訳なさそうに続ける。

「前言を翻してしまい、本当に申し訳なく思っています。ですがイベントへの参加をもう少しだけ考えたいのです」

「不参加もあり得るということでしょうか」

絹村が躊躇いがちにうなずき、理恵は体温が下がるような感覚を抱いた。

ブーランジェリー・キヌムラは、朝活フェスの朝食ブースにおける目玉の一つだ。抜けられたらイベントにとって大きな打撃になるだろう。

「理由をお聞かせ願えますか？」

「本当にすみません。家庭の事情で……」

絹村の語尾が萎み、続きはない。絹村とはまだ会って二回目だ。関係性を築けていない段階で、はぐらかされた家庭の事情に触れるのは得策だとは思えなかった。

突然、ノックなしでドアが開いた。そして中学生くらいの学生服姿の小柄な男子が入ってくる。理恵を見て目を丸くする少年に、絹村が優しげに声をかけた。

「海緒くん、どうしたんだい」

「母さんが用意した洗濯物」

海緒と呼ばれた少年はぶっきらぼうに答えた。海緒は眉毛を細く整え、学ランの前ボタンをいくつも開けている。ズボンは腰穿き(こしば)にして着崩していた。

「わざわざ持ってきてくれてありがとう」

「……別に」

海緒が事務室を横切り、奥の磨りガラスの窓の下の台に、大きめの布製バッグを置く。布袋の隙間からワイシャツらしき服が覗(のぞ)いた。

絹村は海緒に何か言いたい素振りだが、弱々しい表情で口をつぐんでいる。それから海緒は事務室を出て、ドアを乱暴に閉めていった。衝撃で引き戸にわずかな隙間ができる。海緒が部屋を出ると、絹村が身を縮ませた。

「ちゃんとご挨拶もせず申し訳ないです」

「息子さんでしょうか。あれ、でも確かご結婚は……」

先日の初顔合わせの際に絹村が「独り身なので朝食のありがたみを実感している」と言っていた覚えがある。すると絹村が頬を赤らめた。

「実は海緒くんの母親と結婚するのです。なので義理の息子になる予定です」

「そうだったのですね。おめでとうございます」

「ありがとうございます。ですが海緒くんは、私を快く思っていないようで」

ないだろう。

絹村が肩を落とす。思春期の中学生なら、母親の再婚に思うところがあるのは仕方

「あっ」

すると突然、絹村が左に顔を向けた。理恵が視線を追うと、事務室の奥に窓があった。外は日が沈みかけ、夜の暗さに近づいている。そして磨りガラスの先に、カラフルなジャケットを着ていると思しき人影が見えた。


窓は成人男性の胸から上くらいの高さだ。先ほどまで誰もいなかったはずだ。

不審に思っていると、絹村の座る椅子が音を立てた。絹村が中腰の姿勢で硬直し、怯えた表情で窓を凝視している。


「あの、絹村さん?」

心配で呼びかけるが、絹村は動かないままだ。窓の外の派手なジャケットは、いわゆるスカジャンのように見えた。磨りガラスは透明度が低く、ぼんやりとしたシルエットしかわからない。だがかなり大きな体格の人物のように見えた。


「えっと、お知り合いでしょうか」

ただならぬ雰囲気に訊ねると、絹村が深呼吸をした。そして一歩踏み出すが、次の足が出ない。人影が出現してから三分くらいは経っている気がする。すると突然、人影が右方向に移動して窓から消えた。

「あっ」

直後に絹村が駆け寄り、窓を解錠した。全開にしてから顔を出し、左右を確認する。

「逃げたのか……？」

絹村が窓から離れ、理恵も気になって顔を出してみる。

その拍子に鼻先に酸っぱいような臭いを感じた。腐敗臭とも異なり、馴染みがある気がする。だけど風が吹き、一瞬で消え去った。

隣の敷地との境界はブロック塀が設置され、幅二メートル程度の細い通路になっていた。窓の真下にはエアコンの室外機が置いてある。右手側は袋小路で、左手側を進んで曲がるとマンションの正面へと続くようだった。身体を引き、窓を閉める。

事務室の時計に目を向けると、次の案件の時刻が迫っていた。すると絹村が申し訳なさそうに口を開いた。

「今日はありがとうございました。イベントの件は、またご連絡差し上げます」

「色よいお返事をお待ちしております」

参加を検討するに至った家庭の事情に加え、先ほどの出来事も気になった。だが質問しにくい雰囲気を感じ、理恵は聞くことができない。

並んで事務室を出ると、従業員が絹村に声をかけてきた。理恵は見送りは不要だと申し出る。絹村は恐縮した様子でお辞儀をし、従業員と仕事の話をはじめた。

「すみません、ソーダブレッド用のベーキングパウダーの在庫が足りなくて」

「ええ、そんなはずはないんだけどなあ」

理恵は閉店直前の店内を見渡し、クロワッサンやベーコンエピをトレイに載せる。レジに並び、小分けの袋をいくつかもらった上で支払いを済ませた。

店を出ると外は暗く、店先を街灯が照らしていた。マンション前の植木近くで、剪定ばさみを傍らに置いた男性が枝葉をビニール袋に詰めている。

ふと思い立って男性に近づいた。

「ちょっといいですか？　しばらくここで木のお手入れをされていましたよね」

定年を過ぎたくらいの年齢で、胡乱な顔つきで理恵を見た。

「それが何か？」

「派手なジャケットを着た男性が、ビルの裏から出てきませんでしたか？」

「ビルの裏からなら誰も通っていないぞ。二階に住む小僧なら店から飛び出してきて、大急ぎで駆け上がっていったが」

男性が答えながら、植木の細い枝をビニール袋に入れた。小僧とは海緒のことだろうか。住まいはこのマンションみたいだ。事務室から出た後、部屋まで急いで戻ったらしい。理恵は礼を告げ、店の前から立ち去る。

駅に向かいつつも、理恵は人影が気になっていた。謎の人物は理恵から見て右側に消えたが、その先は行き止まりだ。左側に進めばマンションの正面に繋がっているが、剪定していた男性は誰も来なかったと話していた。

ブロック塀の向こうは隣接するマンションの壁がぴったりとくっつき、そちら側に逃げるのも無理そうだ。

さらに窓の真下にエアコンの室外機がある点も違和感があった。ジャケットの人影は窓に接近していたが、壁際に立つには室外機が邪魔になるはずだ。

謎の人影は、いったいどこに消えたのだろう？

疑問点は多いが、今は絹村の心変わりが何より問題だ。ブーランジェリー・キヌムラの不参加は何としても避けたかった。

会社に戻り、キヌムラの件を報告する。当然だがプロジェクトリーダーは困惑した様子だった。朝食部門の目玉なので何とか出店させたいが、相手の出方を待つしかないという結論に至る。社内で配ったキヌムラのパンはやはり好評で、参加は欠かせないという想いは強くなった。

仕事を終えて帰宅し、スーツから部屋着に着替えた。メイク落としを済ませ、自分用に買ったキヌムラの紙袋からベーコンエピを取り出す。麦の穂の形に似たパンにベーコンが折り込まれている。小さく千切り、口に運んだ。

パンの皮――クラストは唇に刺さりそうなくらいカリカリに焼かれていて、柔らかな中身――クラムはベーコンの脂肪分が溶け出してしっとりしている。

「すごく美味しい」

石臼（いしうす）挽きという小麦の香り高さがシンプルに伝わるパンにベーコンと粗挽きの黒胡椒（こしょう）の味が加わり、塩気が効いていて満足感のある味に仕上がっている。スープとの相性を考えた麻野のパンと異なり、パンだけで美味しいと感じられる力強さがあった。

人気店になるのも納得の味だと感動しつつ、残りもあっという間に平らげてしまう。

キヌムラを楽しみに朝活フェスを訪れる人たちは大勢いるはずだ。何とか参加してほしいと願いながら、名残（なごり）惜しい気持ちを抱きつつ最後のひとかけらを頬張った。

窓を開けると早朝の新鮮な空気が部屋に入り込んだ。洗顔や着替えなどを済ませ、理恵は自宅を出る。

一時間早く家を出るだけで、朝の景色は大きく変わる。通勤通学する人は少なく、電車でも自由に座れる。ロングシートに腰かけ、目を閉じるだけでゆったりした気分に浸れた。

地下鉄に乗り換えると、さすがに車内は混雑しはじめる。目当ての駅で降り、階段を上って地上に出る。高いビルが建ち並ぶなか、チェーンの蕎麦（そば）屋や牛丼屋が営業している。だけど素通りし、細い路地で曲がった。

薄暗い道は人通りが少なく、無味乾燥なビルの出入口ばかりが並ぶ。けれど一つのビルの一階部分だけ店先に緑が生い茂っている。店主が栽培しているハーブ類だ。外壁がレンガ調のタイルで、木製の看板に店名が書かれている。ドアにはＯＰＥＮと記されたプレートが掲げられ、早朝に営業していることを示していた。

四階建ての古びたビルの一階で、スープ屋しずくは今日もひっそりと営業している。ドアを開けるとベルが鳴り、ブイヨンの香りが鼻先に漂う。足を踏み入れると、優しそうな声が出迎えてくれる。

「おはようございます、いらっしゃいませ」

「おはようございます」

理恵は挨拶を返す。店内を見回すと先客がカウンター席に腰かけていた。テーブル席にも見知らぬ四人組が陣取ってスープを味わっている。

「あっ、理恵さん。おひさしぶりです」

「おはよう、長谷部伊予さん」

長谷部伊予はかつて同僚だった。イルミナの移籍に伴って理恵は勤め先を変えたが、伊予は元の会社に残る道を選んだ。今は営業部に在籍していると聞いている。社交的な伊予なら適任だろう。

隣に腰かけると、伊予が頬を膨らませた。

「もっと朝のしずくで会うと思ってたのに、全然顔を出さないじゃないですか」

「私も来たかったんだけど、仕事が忙しくてね」

伊予は人懐こい性格で、社内外問わず知り合いが多い。内気な理恵とも会社が変わった後も付き合いが続いている。

「麻野さんから聞きましたよ。朝活のイベントを開催するんですよね。運営なんて大変そうですけど、めっちゃ面白そうじゃないですか。私も絶対に行きますよ」

「ありがとう。成功できるようがんばるね」

伊予との会話を楽しんでいると、麻野が笑顔で口を開いた。

「本日は焼き秋刀魚のポタージュです」

「秋刀魚ですか？　それは楽しみです」

スープ屋しずくの朝のスープは一種類で、その日に出す日替わりスープの試作品という意味合いがある。すると隣で先にスープを味わっている伊予がにやりと笑った。

「めちゃくちゃ美味しいですよ」

「どんな味なんだろう」

ドリンクとパンを用意して席に戻ると、麻野がカウンターに皿を置いた。

「お待たせしました。本日の日替わりスープです」

藍色の模様で飾られた陶器製のお碗に、茶褐色のポタージュが盛られている。顔を近づけると、嗅ぎ慣れた芳ばしい秋刀魚の香りを強く感じた。

「本当に秋刀魚ですね」

「旬の名残(なごり)の味をお楽しみください」

期待を込め、陶器製のスプーンで口に運ぶ。とろみのあるポタージュを舌に載せた直後、さらに鮮烈な焼き秋刀魚の味わいが舌の上で躍った。

炭火で焼いた秋の味覚は、子どもの頃から何度も味わってきた。それが液状になっているのは不思議な気分だ。こんがり焦げた皮の持つほろ苦さも溶け込んでいる。よく知る味なのにオリーブオイルやブイヨンと混ざり合い、全体的には洋風に仕上がっている。

「秋刀魚を丸ごと味わっている気がしますね」

「そうでしょう」

伊予がなぜか得意げに笑う。舌触りは滑らかで小骨などは感じない。ベースの野菜はじゃがいも以外に強い甘みも感じた。その味がわからなくて、理恵は麻野に質問をぶつけた。

「これはどんな素材を使っているのですか？」

「秋刀魚以外は、じゃがいもと大根を使っています。やはり秋の秋刀魚には大根は不可欠かと思いまして」

麻野が悪戯めいた笑みを見せる。大根おろしは定番だが、煮た大根とは性質が異なる。だけど両者の相性は洋風になっても抜群らしい。すると麻野が小皿を差し出してきた。

「よろしければこちらもお使いください」

小さな白皿に四つ切りにされたライムが載っていた。秋刀魚といえばすだちなど柑橘類を添えるのも定番だ。だけど洋食店らしくライムを選んだらしい。

麻野に勧められるまま、ライムの果汁を振りかけた。それから味わうと、ライムの弾けるような酸味と焼き魚の脂のコクが調和し、味が引き締まった上に秋刀魚の旨みが一層際立つ。また温度が徐々に下がることで、今度は野菜の甘みが引き立ってきた。慣れ親しんだ組み合わせなのに、全く別の料理として再構成されている。麻野の遊び心と腕前に感服した理恵は、スプーンを動かす手が止まらなかった。

店内奥のブラックボードを確認すると、今日は秋刀魚の栄養について解説してあった。脳細胞の活性化に役立つとされるＤＨＡを多く含み、さらに動脈硬化を防ぐとされるＥＰＡも摂取できるという。また貧血予防に効果的な鉄分の含有量も多いそうだ。

秋の味覚を堪能していると、伊予が話しかけてきた。

「それでどんなお店が出るんですか？」

「まだ確定じゃないから、あんまり広めないでね」

理恵は参加予定のブースを説明する。ヨガ教室やジャム専門店などを挙げるなかで、伊予が最も反応したのはブーランジェリー・キヌムラだった。

「本当にあのキヌムラが来るんですか？　めちゃくちゃすごいですね。今までどんな催事にも出なかった人気パン屋なんですから」

「詳しいんだね。でも実は店主さんが参加を迷っているんだ」

キヌムラのネームバリューはやはりイベント開催に欠かせない。話を聞いていたらしい麻野が驚きの表情を浮かべる。やはり気になるのだろう。だけど何も言わず、下(した)拵(ごしら)えのためか店舗奥にある厨房(ちゅうぼう)に姿を消した。

するとと伊予がのんびりとした動きで丸パンを口に運んだ。

「大変ですねえ。まあ、理恵さんなら大丈夫でしょうけど」

「どうしてそう思うの？」

理由がわからず、もぐもぐと口を動かす伊予に訊ねる。

「理恵さんだったら先方と信頼関係をばっちり結んで、相談に乗った上でいい方向に導いていくと思いますから」

「さすがに買いかぶり過ぎだよ。相手とは二回しか会ってないし」

伊予の皿はほとんど空だが、パンのかけらで残りを拭き取ってから口に放った。

「確かに関係構築までは慎重ですよね。でも思い切って飛び込んでも理恵さんなら平気ですよ。相手のことを真剣に考えていることはちゃんと伝わりますから」

「長谷部さんはそういうの得意だよね」

すると伊予が眉根に皺(しわ)を寄せた。

「本当に慎重ですよね」

意味を把握できないでいると、伊予が口を尖(とが)らせた。

「私は会社が変わって、理恵さんとは元同僚とかじゃなくて普通の友達になれたと思ってるんですよ。だからそろそろ呼び方くらい変えてください」

「えっ」

ずっと苗字(みょうじ)で呼ぶのが不満だったらしい。照れくさそうに視線を逸(そ)らす伊予を可愛(かわい)らしく思う。そして距離を縮めようとしてくれることをありがたく思った。

「そうだね。もう少し踏み込むのもいいかもしれない。ありがとう、伊予ちゃん」

「どういたしまして」

伊予ははにかむように笑い、理恵はポタージュを口に運ぶ。

麻野が厨房から姿を現し、理恵は居住まいを正した。昔から一歩踏み出すのは苦手だけど、だからこそ勇気を出す必要があるのだと思った。

「麻野さん」

「何でしょう」

麻野は普段と変わらない笑顔だ。

「私はイベントを成功させたいと考えています。その気持ちはスープ屋しずくが参加を決めたことで、いっそう強くなりました。人気のあるキヌムラさんの参加は、他のたくさんの素晴らしいお店を知ってもらえるきっかけになると思っています」

「はい」

理恵のかしこまった態度に、麻野の表情が引き締まる。

「私は全力で絹村さんの説得に当たります。ですがもし私の手に負えない場合、麻野さんに相談するかもしれません。そのときはご協力いただけますか？」

一人だけでは手に負えないことはたくさんある。無力感を味わうたびに誰かに支えられ、現在の自分がある。麻野の推理力には数え切れないほど助けられたが、だからこそ軽々しく甘えてはいけないと自分を戒めてきた。

だけど本当に難しいことなら、素直に助けを呼ぶことも必要だ。ここ数年、その大切さを学んできた。麻野が笑顔で頷（うなず）く。

「もちろんです。僕も朝活フェスに参加する身ですから、理恵さんと同じようにイベントの成功を願っています。僕にできることなら遠慮なく仰（おっしゃ）ってください」

「ありがとうございます」

麻野の言葉を嬉しく思う。自分から一歩踏み出さなければ、きっと何も変わらない。

理恵はポタージュを口元に運び、秋刀魚の旨みを存分に楽しんだ。

3

朝から降りはじめた小雨は、昼過ぎになっても続いていた。ブーランジェリー・キヌムラを目指し、傘を差しながらしっとりと濡(ぬ)れた道を歩いた。

あいにくの天気でもキヌムラには多くの客がいた。傘立てにビニール傘を差し込み、店内に入ると芳ばしい香りを感じた。そこで奥の厨房の異変に気づく。

声をかけると、絹村が慌てた様子でやってきた。

「もう約束の時間でしたか。実はオーブンの調子が急にわるくなり、業者さんに修理をお願いしているのです」

理恵は事務室に案内される。一時間半ほど前、パン焼きのオーブンが突然故障したという。幸いに業者の手が空いており、修理に取りかかったばかりらしい。

「簡単な部品交換で済むらしく、すぐに終わるようです。ですが念のため私が立ち合う必要があるので、少々お待ちいただけますか」

「災難でしたね。承知しました」

「助かります」

絹村が踵を返して厨房に戻る。理恵は手近な椅子に腰かける。重要な書類などもあるはずで、一人きりは妙に緊張してしまう。そこでドアが開き、白色のブラウスとベージュのスカートという格好の女性が入ってきた。

「お待たせして申し訳ありません」

女性が理恵の前にティーカップを置く。藍色の絵付けのされたカップから、紅茶の香りが立ち上る。

「ありがとうございます」

女性は制服姿ではないので、キヌムラの従業員ではないのだろうか。顔立ちに見覚えがある気がして、先日会った海緒を思い出した。

「もしかして絹村さんのご婚約者さまでしょうか」

訊ねると、女性が頬を赤らめた。

「絹村から聞いたのでしょうか。西森久仁子と申します。今は店員さんが忙しくて手が回らず、亘さんからお客さまのお相手を仰せつかりまして」

呼び方が苗字から下の名前に変わった。普段の呼び方なのだろう。

「先日、あらためてキヌムラさんのパンをいただきました。本当に美味しくて、人気になるのも納得でした」

感想を伝えると、久仁子が朗らかな笑みを浮かべた。

「ありがとうございます。実は私は元々この店の常連なんです。オープン前からマンションの二階に住んでいて、美味しいパン屋さんができたので嬉しくて毎日通っていたんです」

海緒が二階に駆け上がったのは、やはり住まいがあったからなのだ。

久仁子の喋(しゃべ)り方はゆっくりで、どことなく浮き世離れした雰囲気を感じた。朗らかな人柄の絹村とはお似合いだと思った。

「息子さんにもお目にかかりましたよ」

海緒の話になった途端、久仁子が真面目な表情になった。

「失礼はなかったでしょうか」

「もちろんです。元気そうな男の子でしたね」

あの年頃の少年であれば、多少無愛想なのは自然だ。

「よかったです。海緒は最近、反抗期みたいで」

久仁子と海緒は同じマンションで暮らしているが、絹村は店舗から三百メートルほど離れたアパートで一人暮らしをしているという。

久仁子は近くにある工場で事務員として働きつつ、手が空いたときにパン屋の仕事や絹村の家事を手伝っているらしい。結婚を機に真上のマンションで三人で暮らすか、広い部屋を探すかで迷っている最中なのだそうだ。

久仁子がふわりと微笑む。

「亘さんは朝食に思い入れが強くて、今回のイベントも楽しみにしているんですよ」

「そうなのですね。ただ、絹村さんは参加を迷われているようですね」

「本当ですか？」

久仁子が意外そうに目を見開く。近しい人にも話していないらしい。

「息子も珍しく乗り気だったのに不思議です。出店したら目立つようにバルーンを設置しようなんて、食事中に提案したくらいなんです。あの子、昔から工作が好きなんですよ。みんなで盛り上がった話題なんてひさしぶりだったのに……」

海緒と仲の良い先輩が現在高校生で、ホームセンターでアルバイトをしているらしい。そこでバルーンを安く揃えられると話していたそうだ。

ノックがあり、返事をすると絹村が事務室に入ってきた。オープンの調整は終わったらしい。久仁子が入れ替わりで部屋を出てから、理恵は絹村に参加の可否について訊ねた。だが絹村は頭を垂れ、申し訳なさそうに口を開いた。

「あと数日待ってもらえれば、結論が出るかと思います」

絹村に頭を下げられ、頷くことしかできない。そろそろ大々的に宣伝を開始する予定だった。プレスリリースやポスターに、ブーランジェリー・キヌムラの名前は欠かせない。三日後と期日を区切り、一旦引き下がることにした。

ふいに絹村が窓に顔を向けた。視線の先に磨りガラスがあるが、今日は誰もいなかった。

「実は昨日、海緒くんに怒られまして」

絹村の表情は思い詰めたような雰囲気があった。

「あんたはいざというとき、お袋を守れるのかって詰め寄られました。自分が頼りないのはわかっていますが、もっと毅然とするべきだと思い直したんです。そうしないと大切なものを失ってしまいますから。……すみません、突然変なことを言って」

「いえ」

絹村は理恵に話したのではなく、自分自身に言い聞かせているのだと感じた。

理恵は事務室を出て、絹村は厨房に戻る。

おそらく絹村は何か悩みを抱え、決着をつけた上でイベント出店を決めようとしている。外野が関わるのは難しいように思えた。

キヌムラで買い物を済ませ、店を出ると小雨は止んでいた。駐車場を通って公道に出ると、海緒と行き合った。制服姿だから学校帰りなのだろう。

肩で風を切って歩く動作は不良というアピールなのだと思われた。すれ違うときに会釈をすると、海緒は最初にらんできた。それからすぐに目を見開いた。

「あんた、この前事務室にいたよな」

「前に会ったよね。今日も絹村さんと打ち合わせだったんだ」

それから理恵は自己紹介をしたが、海緒は聞いていない態度だ。海緒がマンションの上層階に目を向け、不満そうに唇を歪めた。

「あんた、母さんと会話なんてしてないよな」

海緒は何を心配しているのだろう。理恵は正直に、久仁子に応対されたと告げる。すると海緒は血相を変えて詰め寄ってきた。

「この前の人影の話、母さんに言ったか？」

「言っていないよ」

理恵の返事に、海緒は安堵の表情を浮かべる。あの場に海緒は不在だったが、絹村から聞いたのだろうか。不仲という印象だから意外だった。

理恵の疑問が顔に表れたのか、海緒が忌々しそうに舌打ちをした。

「俺の親父はすぐに暴力を振るうクソ野郎で、派手なスカジャンみたいなチンピラじみた格好が好きだったんだ。母さんは今でも親父に怯えている。あの人影が誰か知らないけど、母さんが知ったら怖がると思ったんだ」

口調はぶっきらぼうだが、耳まで赤くなっていた。母親への心配を口に出すことが、赤面するほど恥ずかしいのだろう。

「わかった。お母さんにこの話はしないと約束する」

「……ありがとうございます」

海緒はそっけなく告げる。そこで海緒が手に提げているレジ袋に、醸造酢の瓶が入っているのが見えた。目を向けると、海緒が足の後ろに隠した。

「母さんから買い物を頼まれただけだよ」

親からのお使いというだけで恥ずかしさを感じたのかもしれない。海緒は早足で駆け、マンション脇の階段を上っていった。素直になれないだけで根は優しいのだろう。

会社に戻る電車内で、スマホを使って朝食で人気のパン屋を検索する。

ブーランジェリー・キヌムラの不参加が決まれば、代替店を探す必要がある。何店舗か候補はあったが、引き受けてくれる保証はない。それに評判も知名度もキヌムラには敵わない。

会社での仕事が立て込み、夜遅くに自宅マンションに戻る。キヌムラで購入したビーフシチューパンを夜飯にしようと考えつつ、習慣のようにスマホでSNSのアイコンをタップした。

理恵はSNSを仕事用にも使っている。参加予定の飲食店は、大手SNSを公式ホームページ代わりにしている場合も少なくない。そしてディスプレイにはブーランジェリー・キヌムラの投稿が表示されていた。

理恵は文章を読み、スマホを落としそうになる。店主の怪我（けが）により、ブーランジェリー・キヌムラが臨時休業する旨が、謝罪と一緒に投稿してあったのだ。

　翌朝電話をかけると、絹村の代わりに店員が出た。事情を聞くと幸いにも怪我は軽いが、手首の負傷のためパンを捏ねる作業が難しいらしい。

　お見舞いの品を準備し、アポイントメントを取った上でブーランジェリー・キヌムラを訪れる。理恵の訪問に対し、絹村は恐縮した様子だった。

「わざわざ来てくださって申し訳ありません」

「大きな怪我でなくて幸いでした」

　事務室に座る絹村の手首には包帯が巻かれていた。医師からは様子を見た上で、数日後には仕事を再開しても問題ないと診断が出ているという。営業は弟子である見習いパン職人たちが協力し、明後日を目処に再開の予定らしかった。

「イベントの件ですが、返答期限を延ばしていただけますでしょうか」

　絹村の声や表情に覇気が感じられない。

　理恵は背筋を伸ばし、真正面から見据えた。

「出過ぎたことだと承知しています。イベント参加の可否や今回の怪我には、久仁子さんの前の旦那さんが関係しているのではありませんか？」

　際どい話題に触れるのは勇気が要ったが、踏み込んだほうがいいと判断した。絹村が困惑の表情で問い返してくる。

「どうしてそれを？」

「以前こちらで窓越しに人影を目撃しましたよね。あの服装をする人物について、海緒くんから話を聞いたんです。ご家庭の問題に口を挟むのは失礼だと承知しておりますが、絹村さんがお悩みのようだったので」

「そうでしたか」

絹村が黙り込む。不躾（ぶしつけ）な発言をすることで、怒りを買うことも覚悟していた。だが正直な想いを伝えるべきだと思ったのだ。

「ブーランジェリー・キヌムラのパンを楽しみにする方々は、私を含めて大勢います。久仁子さんからも絹村さんがイベント参加を楽しみにしていたと伺いました。私は担当になって日が浅いですが、問題があれば一緒に解決させてください」

キヌムラのパンを食べ、美味しさを伝えたいと思った。スープ屋しずくの出店も決まり、伊予をはじめ多くの人たちが楽しみにしている。最初はこの仕事に戸惑いを抱いていたが、今では理恵自身もイベントの成功を願っている。

絹村が手首の包帯に視線を落とした。

「ありがとうございます。実は少し前から、久仁子さんの前の夫らしき影が周囲にちらついているんです」

気持ちが伝わったことを嬉しく感じつつ、絹村の話に耳を傾ける。

久仁子の前夫は粗暴で、同僚への傷害や、居酒屋での器物損壊による逮捕歴もあるのだという。離婚時にもかなり揉めて、警察を何度も呼んだらしい。

「写真を見たことがありますが、前の夫は体格の大きな人物でした。それにスカジャンやアロハシャツといった派手な格好を好んでいたようです。離婚後に久仁子さんと海緒くんは今のマンションに引っ越し、平和な日々を送っていました」

久仁子は今でも大きな物音に怯え、前夫と似た男性を前にすると冷や汗が止まらなくなるようだ。

そして最近、絹村の周囲で不審な物音が聞こえるなど異変が起きていた。海緒がそれらしい人物を目撃することもあったらしい。先日の窓際の人影は、その最たるものだという。

背格好は先日、磨りガラス越しに見えた人影と合致する。絹村と海緒は協力し合い、前夫の陰を久仁子に隠しているそうなのだ。

「私は久仁子さんたちを守ると誓いました。そのため可能な限り、二人の近くにいたいのです」

「ご家族を守るために、イベント参加を迷っているのですね」

出店が決まれば今以上に多忙になり、付き添う時間も減るだろう。すると絹村は身を縮ませた。

「ですが情けないことに、暴力的な人間を前にすると萎縮してしまうんです。奥谷さんもご覧になったかと思うのですが、いざ窓の外にいると思った途端に身体が動かなくなりました。だから次こそは勇気を振り絞ると決めたのです」

いざというとき、お袋を守れるのかと海緒から言われたことが堪えたのだろう。

昨晩、絹村はスカジャンを着た人物に路上で遭遇したという。不安を感じながら近づき、呼びかけた途端に人影は逃げ出した。慌てて追いかけるが不注意で転倒し、手を突いて捻挫したというのだ。

「我ながら本当に駄目ですね……」

絹村が肩を落とすが、婚約者を守ろうとする姿勢は頼もしいと思う。

「実は先日の件で疑問があるんです」

「何でしょう」

首を傾げる絹村に、理恵は先日の人影の話をする。窓の先から消えた後、逃げ場がないはずなのだ。すると絹村が眉間に皺を寄せた。

「植木の剪定をしている男性はマンションのオーナーさんです。愛想は良くないですが、嘘をつく性格ではありません。それにマンション裏から逃げたら必ず植木の脇を通りますので、オーナーさんが見逃す可能性は考えられません」

「あの人影には何か秘密が隠されている気がします。実は知り合いに、不思議な出来事を解明するのが得意な人がいます。今回の件について相談しても構いませんか？」

「ええ、大丈夫です。悩みを聞いていただき、奥谷さんには本当に感謝しています」

絹村が了承してくれる。そこで理恵は麻野に伝える情報を少しでも増やせるよう、簡単な調査をすることにした。

絹村と一緒に店舗を出て、植木の横を通過してマンション裏手に移動する。建物の合間にあるせいで湿っぽかった。

向かいは他のマンションが建ち、高いブロック塀で遮られている。乗り越えるのは不可能ではないが、高い身体能力と時間を要するだろう。

マンション裏手の通路の奥は、やはり行き止まりだった。表に出るためには植木の脇を通過するしかない。

事務室にある磨りガラスの窓の下には、室外機が置かれていた。当日も疑問に感じたが、室外機が邪魔で上半身を接近させるのは姿勢に無理が出る。

室外機の周りを調べると、一本のビニール紐を発見した。かなり長く、比較的新しいようだ。絹村に確認したが用途はわからなかった。

マンションを見上げると、絹村が口を開いた。

「二階は久仁子さんたちの住居です」

「真上なんですね」

室外機の真上は二階のベランダの端に位置していた。現場を観察し終え、絹村に頭を下げる。

「ありがとうございます。何か判明したらご連絡します」

「こちらこそ、お手数をおかけします」

理恵はブーランジェリー・キヌムラを辞去する。会社に戻ってから、麻野に相談に乗ってほしいとメッセージを送った。

理恵としては翌朝に話を聞いてもらう気でいたが、麻野からすぐにスマホに電話がかかってきた。ディナータイムの仕込みまで、時間を作ってくれるというのだ。

「お忙しいのに申し訳ありません」

「いえ、なるべく早いほうがいいでしょうから」

朝活フェスの情報解禁まで期限が迫っている。今日も広告宣伝部から催促が来ていた。知り得た情報を麻野に伝えるが、話しながら不安になってくる。情報が不足していたら、麻野でも真相を見抜くのは難しいはずだ。

だけど話を聞き終えた麻野はあっさりと答えた。

「何となく真相が見えてきました。ただ絹村さんにも確認していただきたい点があるので、実際にお会いしたほうがいいかもしれません」

「それなら私が絹村さんとのスケジュール調整をします」

麻野に感謝を告げて電話を切り、絹村に連絡する。すぐに繋がり、予定を確認する。すると営業再開前の明日の朝なら時間が取れることがわかった。

「それでしたら、一緒にスープ屋しずくさんの朝営業に行きませんか。店主の麻野さんが真相を話してくれるはずです」

「相談相手って、スープ屋しずくさんだったんですか？」

絹村の声が裏返る。同業者だとは思わなかったのだろう。こうして理恵たちは翌朝、スープ屋しずくの前で待ち合わせることになった。

4

冷たい風がビル群を縫って吹いている。スープ屋しずくのある路地に着くと、絹村が店の前で待っていた。理恵は小走りで近寄る。

「お待たせしました」

「いえ、ちょうど着いたばかりです」

朝早いが絹村は快活な様子だ。早朝営業するパン屋だから早起きに慣れているのだろう。理恵が先に店内に入ると、ドアベルの音が鳴った。絹村がすぐ後に続き、麻野が温かな声で出迎えてくれた。

「おはようございます。いらっしゃいませ」

「おはようございます」

「今日はよろしくお願いします」

絹村が丁寧にお辞儀をすると、麻野が朗らかな笑みを浮かべた。

「あのブーランジェリー・キヌムラの店主の方に来ていただき光栄に思います。当店の料理がお口に合えばよいのですが」

心なしか、麻野が緊張している気がした。理恵はカウンター席に絹村と並んで腰かける。

「当店の朝営業は日替わりスープ一種類だけになります。本日は玉ねぎのミルクシチューですが、よろしいでしょうか」

「はい、お願いします。絹村さんはよろしいですか？」

「ええ、大丈夫です」

「かしこまりました。パンとドリンクはセルフサービスで食べ放題ですので、お好きな分だけあちらからお取りください」

絹村と一緒にパンとドリンクを取りに向かう。絹村はバゲットのスライスを皿に載せ、カップにコーヒーを注いだ。理恵が白パンとルイボスティーを選んで席に戻ると、麻野が本日のスープを目の前に置いた。

「お待たせしました。玉ねぎのミルクシチューです」

薄い木製のボウルに白色のシチューが盛られ、表面にパセリが散らされていた。皿を覗き込み、その見た目に驚かされる。シチューには薄切りの玉ねぎがたくさん入っている。紫たまねぎが彩りにアクセントを加えているが、具材はそれだけなのだ。

「ずいぶんと思い切ったメニューですね」

隣の絹村も目を丸くしている。

「素晴らしい玉ねぎが手に入ったので、素材の味を楽しんでいただこうと思いまして」

「楽しみです。それではいただきます」

期待を込め、シチューを口に運んだ。

口に入れるとまず爽快なミルクの香りを感じた。スープ屋しずくのシチューはバターやクリームが控えめで、新鮮なミルクの風味をいただくことができる。ぎりぎりまで塩気が抑えられているが、ブイヨンの濃厚なコクのおかげで物足りなさは感じない。口を動かすと、玉ねぎのさくっという歯触りを感じた。さらに同時にとろりと舌の上で溶ける。異なる食感の玉ねぎが食感に変化を与えていた。

「美味しい！」

スプーンを動かす手が止まらない。歯触りの残る玉ねぎは爽やかな軽さが感じられた。シチューはいつもより熱々のため、口のなかで嚙むたびに弾けるエキスに臨場感がある。

一方でとろける玉ねぎはジャムを思わせる強い甘みがある。どちらも具材の主役に相応しい美味しさだが、合わせることで存在感が増していた。

夢中で食べていた理恵は、ふと隣に目を遣った。絹村も感心するような顔つきでスープを味わっている。そして顔を上げ、興奮を滲ませながら口を開いた。

「玉ねぎだけなのに肉を食べている以上の満足感があります。これは異なる玉ねぎを使い、さらに調理法も変えていますね」

「糖度が高い玉ねぎと、香りの強い玉ねぎの異なる品種を使用しています。紫玉ねぎは中間くらいの味わいで、今回は彩りのため加えました。同時に優れた素材が入荷できたので、一緒に味わえたら楽しいかと思ったので」

「面白い試みですね」

それから絹村と麻野は玉ねぎ談義で盛り上がる。気候や土壌の違いで玉ねぎは大きく味が変わるらしい。また最近はブランド化も進むことなど情報を交換し合っている。

理恵はその間、店内奥のブラックボードに目を向けた。

玉ねぎを切る際に涙を出させる成分は硫化アリルで、血液さらさら効果があるという。さらに硫化アリルはビタミンB_1の吸収を促す役割もあるとされていた。他にも整腸作用が期待できるオリゴ糖を含むらしかった。

「勉強になります」

「いえ、こちらこそ」

玉ねぎ談義に区切りがついたようで、理恵は麻野に話しかけることにした。

「今回の件、相談に乗ってくださってありがとうございます」

「いえ、僕もイベントの成功を願っていますから」

するとと絹村がかしこまった調子で頭を下げた。

「奥谷さんから、麻野さんが今回の件の真相を見つけてくれたとお聞きしました。個人的な悩みで恐縮ですが、ご教授願えると助かります」

「頭を上げてください。僕は偶然気づけただけですから」

麻野は焦った様子を見せると、絹村が元の姿勢に戻った。それから麻野は普段と異なり、下拵えのため手を動かすことなく話をはじめた。

「結論からお伝えしますと、磨りガラスの外にいた人影は仕掛けによるものでしょう。そして実行したのは海緒くんだと考えられます」

「海緒くんが？」

絹村が驚きの声を上げるが、麻野は淡々とした口調で続ける。

「まずビニール製のバルーンを使い、上半身だけの人形を作ります。それにスカジャンを着せ、膨らませると人型になるよう貼り合わせた。それに紐を括りつけ、真上のベランダから吊したのです」

海緒の先輩がホームセンターで働いているため、バルーンを仕入れるのは簡単なはずだ。だが理恵は疑問を抱き、小さく手を挙げた。

「でもあの人影が出現したとき、一緒にいたんですよ」

「おそらくベーキングパウダーを使ったのでしょう」

「ベーキングパウダー？」

あの日、絹村が店員からベーキングパウダーの在庫が足りないと報告を受けていたことを思い出す。

「バルーンは下ろす時点で萎んでいた。だけど大量のベーキングパウダーを入れ、口を縛る直前に酢を流し入れたのでしょう。その結果、風船のなかに大量の二酸化炭素が発生したのです」

ベーキングパウダーは生地を膨らませるために使われる。パンでは酵母の発酵を利用するが、ブーランジェリー・キヌムラではベーキングパウダーを使ったソーダブレッドと呼ばれるパンも販売していた。

窓から顔を出した瞬間、酸っぱい臭いを感じた。あれは作業の際に酢が風船から漏れるなどして、香りが残ったせいなのだろう。

買い物帰りの海緒と会話をした際、レジ袋に醸造酢が入っていた。あれは自宅キッチンの酢を仕掛けで大量に使ったことで、新しく買うことになったのかもしれない。

「顔には人の写真を貼りつけ、向きも注意していたはずです。そして時間経過と共にビニールが膨らみ、磨りガラス越しに人影が見えるよう仕掛けを施したのです」

海緒は仕掛けを下ろしてすぐ、洗濯物を持って事務室にやってきた。

「絹村さんはあの時間、いつも事務室にいたのではありませんか？」

「その通りです。海緒くんはそれを見計らって仕掛けを施したのですね」

だが偶然、理恵が居合わせることになった。そこで理恵は疑問を口にする。

「でも、動機は？」

すると麻野ではなく、絹村がうなだれながら答えた。

「海緒くんは私を試したのでしょう。おそらくドアの隙間から私の反応を窺っていたはずです。緊急事態を前にして、私がどう反応するか確かめたのだと思います」

「僕もそう考えています」

絹村の言葉に麻野が頷いた。

海緒は母親の身の上を心配していた。だから前夫が出現した際、久仁子の夫となる男性がどう動くか資質を見極めようとしたのだ。海緒が目撃したという前夫の姿も、もしかしたら嘘だったのかもしれない。

事務室の引き戸は、勢いよく閉めた衝撃でわずかに開いていた。海緒はドアの外に控え、絹村の対応を観察していたのだと思われた。

ベーキングパウダーによる仕掛けを施したのは、絹村の対応を目の前で確認するためだろう。人影が出現した瞬間を観察するために、トリックが必要だったのだ。

人形を使ったのはおそらく、海緒が小柄だったからだ。体格の大きい前夫を再現するには中学生の海緒では厳しい。それにそのタイミングでビルの裏手から表に出てくれば、店の繁盛具合から考えて高確率で誰かに目撃されるはずだ。

「人形が消えたのも海緒くんの仕業でしょうか」

理恵が再び疑問を口にすると、麻野が頷いた。

「元々、絹村さんがすぐに窓を開ければ、全てが明るみに出るはずでした。人形だと一目瞭然ですから、海緒くんはあっさりネタばらしをする予定だったのでしょう。ですが絹村さんはその場に立ち尽くすことになった」

「その様子を見た直後、海緒くんは真上にある自宅マンションまで走ったということでしょうか？」

「おそらくそうです」

理恵の質問に麻野が同意する。海緒が慌てた様子で自宅に戻る姿は、剪定していたマンションオーナーが目撃している。

「海緒くんは部屋に入り、吊してあったベランダから人形を引っ張り上げたのでしょう。ベランダの端から人形を引けば右方向に移動したように見えます。その上で引き上げて回収すれば、窓から左右を確認しても絹村さんの視界には入りません」

　麻野は室外機付近に落ちていた紐や、理恵が感じた酸っぱい臭い、消えたベーキングパウダーなどから推測したという。落ちていた紐は海緒が練習した際に残した痕跡だと思われた。紐の長さや膨らむ時間など、何回かの調整が必要になるはずだ。

「どうして海緒くんは、人形を慌てて隠したのでしょうか。覚悟を試すのが目的なら、すぐに種明かしをして私を責めたように思います」

　絹村が不思議そうに言う。絹村の疑問は理恵も感じていた。

「おそらく海緒くんが二度目のチャンスを設けようと考えたからだと思います。だから大急ぎで人形を回収したのでしょう」

「二度目とは、まさか夜道の？」

「本人に聞かないと確証は持てませんが、その可能性はあると思います。もちろんただの無関係の通行人かもしれませんが」

　絹村は海緒に叱責された後、夜道で出会ったスカジャンの男性を追いかけた。あれは海緒が知り合いにスカジャンを着せた上で、わざと夜道で絹村と遭遇させたのかもしれない。

すると絹村が肩を落とした。

「情けなく怪我した私のことを、海緒くんはきっと失望したでしょうね」

「それはわかりません。果敢に相手に立ち向かう姿勢を見て、気持ちが変わった可能性もあります。僕としては海緒くんと話し合うのが一番だと思います」

絹村がシチューを見つめる。温度が下がり、表面に膜が生まれていた。タンパク質が凝固したものだろう。

「……ありがとうございます。やるべきことが見えてきました」

絹村は決意を固めたような表情を浮かべ、バゲットをシチューに浸した。水気を含んだバゲットをスプーンで口に運び、嚙みしめてから笑顔になる。

「このバゲットも本職顔負けですね。小麦と酵母の素朴さは、スープに合うように作っているのでしょう。今度私の店で出すパンに、どんなスープが相応しいかアドバイスをお願いしたいです」

「そんな、恐れ多いです」

それから二人は料理談義に花を咲かせはじめた。分野は異なるが、第一線を走る同業者と会話をする麻野は心から楽しそうだ。会話に耳を傾けながらシチューを食べると、再び口いっぱいに玉ねぎの甘みが広がった。

5

目の前に皿が置かれると、まずトマトの鮮やかな赤色が目に入った。

「お待たせしました。旬の春菊（しゅんぎく）とベーコンのトマトスープです」

珍しい四角形の黄色いお皿に赤色のスープがたっぷり注がれている。具材は玉ねぎや人参の他に、厚切りのベーコンとたっぷりの春菊が入っていた。

金属のスプーンを手に取る。スープをすくって近づけると、トマトの香りを感じた。春菊とベーコンをスープと一緒に口に運ぶ。

「わっ、美味しい」

まずはトマトの上質な甘みと酸味、ブイヨンの旨みが感じられた。そこにベーコンの燻製（くんせい）香と豚脂のコクが加わっている。さらに春菊の季節を感じさせるほろ苦さとシャキシャキ感が堪（たま）らない。いくらでも食べたくなる味わいだった。

「春菊って秋が旬なんですね」

「名前と違って、十一月からが美味しい季節です。日本の鍋物には欠かせませんが、西洋料理にも意外に合いますよね」

トマトやベーコンなど旨みの濃い素材に、春菊の持つ香りや苦味が溶け込んでいる。

理恵は旬の野菜が持つ瑞々(みずみず)しさをゆっくり噛みしめた。スープの穏やかな熱さが、秋の涼しさに慣れ切れない身体を芯から温めてくれる。

ブラックボードに目を遣ると、春菊に関する情報が記してあった。

春菊はカルシウムやマグネシウムなど骨を丈夫にするミネラルが豊富だという。また独特の香りの元であるαピネンやペリルアルデヒドは、リラックスや咳(せき)を鎮める効果が期待できるそうだ。

理恵はスプーンを置いてから居住まいを正した。

「麻野さんのおかげで、絹村さんとイベント参加の契約を取り交わしました。本当にありがとうございました」

頭を下げると、麻野はすまし顔で首を横に振る。

「理恵さんが絹村さんのことを考えて真摯(しんし)に行動したおかげですよ。僕はほんの少しだけアドバイスをしただけに過ぎません」

絹村と一緒にスープ屋しずくを訪れた翌々日、イベント参加を決めるという連絡が届いた。あの後、絹村と海緒は話し合いをしたらしい。そこで海緒は、麻野の推理通りの行動をとったことを認めたというのだ。

海緒はDVで苦しめられた母親の再婚相手として、守れるだけの強さがある男性を期待した。しかし母親が結婚相手として選んだのは気弱そうな絹村だった。

不安を抱いた海緒は、前夫を前にして絹村がどう行動に出るのか試そうと考えた。海緒はまず前夫の影を徐々に見せるようにした。そして不用意に久仁子に報告し、怖がらせるといった行動を取らないか確かめた。ここでは海緒の期待通り、絹村は久仁子に知られないようにしていた。

次に海緒はトリックを使って絹村の反応をうかがった。引き戸の隙間から観察していたが、そこで目撃したのは狼狽（ろうばい）する絹村の姿だった。

海緒は不満を抱いたが、最後のチャンスを与えようと考えた。そのために急いで部屋に戻り、人形を回収したのだそうだ。二階だから急げば時間はそれほどかからない。

海緒の友人は高校二年生で、ホームセンターでアルバイトをしていた。トリックに使ったスカジャンの持ち主で、立派な体格をしているという。

海緒はその高校生にスカジャンを着てもらい、絹村の前に出現させた。絹村が怪我をした際の不審人物もやはり仕込みだったのだ。初めから友人に頼まずバルーンを使ったのは、家庭の問題に巻き込みたくなかったためらしい。

「絹村さんが果敢に立ち向かう姿に、海緒くんは納得したみたいです」

「多分、口実がほしかったのだと思いますよ」

見限るつもりなら、二度目の機会など作らない。きっと初めから絹村のことを認めていたはずなのだ。

だが新しい親の存在は、思春期の子供にとって受け入れるのが困難なのだろう。方法は決して褒められないが、海緒が求めていたのはきっかけだった。今回の行動は必要なプロセスだったのかもしれない。

理恵はトマトスープに添えた丸パンを口に入れる。

「わっ」

その直後、自然と声が出た。小麦の香りと食感が向上しているように思えたのだ。噛みしめるたびに芳ばしさが鼻を抜け、甘みがじわじわ広がった。

「麻野さん、これって」

「絹村さんに小麦の仕入れルートを紹介していただきました。またパン作りのコツも教えてもらったので、以前より上達できたかと思います」

麻野が嬉しそうにしている。絹村との縁を繋げたことで麻野の役に立てたようだ。そのことが嬉しくて、理恵も自然と笑顔になった。

パンを味わいつつ、スプーンを手に取る。ようやくブーランジェリー・キヌムラの出店を決めることができた。

今後も予想外のトラブルが起こるかもしれない。だけど楽しみにしてくれる人がいる以上、必ずイベントを成功させてみせる。決意を込めながら、活力を得るためトマトスープとパンを口に運んだ。

第二話

鶏の鳴き声が消えた朝

1

停車した駅で、古い歌謡曲を元にした発車ベルが鳴った。この駅に所縁(ゆかり)があるのだろうか。気にしているうちにドアが閉まる。

普段乗らない電車に揺られると、社会人になった今でも少しだけわくわくする。午前九時過ぎ、普段なら出社している時刻だ。だけど理恵は今日、東京の郊外にあるお弁当屋に向かっていた。

都心から離れるにつれ、窓から見える建物の背が低くなる。特別快速で三駅進んでから乗り換え、各駅停車でしか停まらない駅で降車する。

こぢんまりとした駅の改札を抜ける。十一月も終わりに差しかかり、風に肌寒さを感じた。駅前は閑散としていた。駅前にコンビニエンスストアと薬局、居酒屋が並んでいる。サンライズインという古びたビジネスホテルが一番高い建物のようで、Wi-Fi無料と看板に大きく書かれていた。

目的であるお弁当屋のいなだ屋(や)は、駅前からバスで十分強の距離にある。目当てのバスに乗り込み、座るとすぐにドアが閉まって発車した。

いなだ屋は駅から離れた住宅街の外れに店を構えている。

店を訪れるのは二度目だ。大通りからも遠く、弁当販売には不利な立地だ。しかし鉄釜で丁寧に炊いたごはんを使ったおにぎりは人気で、遠方からも客が訪れる名店だった。朝七時半に開店するため、通勤通学の客の人気も集めている。

理恵が運営に参加する朝活フェスでは、会場内で様々な朝ごはんを販売する予定だ。スープ屋しずくやブーランジェリー・キヌムラをはじめ、パンケーキや中華粥の専門店などが決まっている。他にもスペイン出身のシェフが手がけるスペインバルの参加も決定し、本場の朝食を出すことになっていた。

外国の料理も魅力的だが、やはり和食は欠かせない。そして会議の結果、おにぎりが有名ないなだ屋に白羽の矢が立ち、理恵が出店交渉を担当することになったのだ。

バスに揺られて五分、景色に緑が増えてきた。住所は東京だが、都心の喧噪とはかけ離れた風景が広がっている。

目的のバス停で降り、住宅街を歩く。五分ほど進むと、一軒のお弁当屋が見えた。一戸建ての住宅の一階部分に、『いなだ屋』と書かれた看板が掲げられている。店先では四十歳くらいの女性が出入口のガラス戸を拭いていた。

「おはようございます、稲田さん」

「奥谷さん、もうそんな時間でしたか」

本日は午前十時にアポイントメントを取っていた。店主の稲田博子は清潔な白衣姿で、艶やかな肌は年齢よりもずっと若々しい印象を与えた。

「どうぞお入りください」

稲田に促され、店に入る。棚にはおにぎりや総菜が数個置かれていた。早朝に用意した分はほぼ売り尽くしたようだ。

いなだ屋は朝七時半に開店する。イートインスペースは用意されておらず、お持ち帰りのみだ。朝のピークを終えると、十一時半過ぎから再び忙しくなるという。そのため午前十時は比較的手が空くらしく、今日は稲田からこの時間を指定された。

朝活フェスへの参加をお願いする以上、一度は朝営業の時間中の活気を見ておきたいと思っている。だが予定が重なり、実現できていなかった。

手土産を差し出し、世間話を交わした後に本題を切り出した。

「出店の件、お考えはいかがでしょうか」

「そうですね……」

表情に迷いが見て取れる。先週、理恵は店を訪れて稲田に朝活フェス出店を依頼した。稲田は興味を抱いている様子だったが、同時に不安も口にした。

稲田は毎朝三時半に起床し、開店に向けて準備をしている。数人のアルバイトは雇っているそうだが、基本的には店主である稲田が調理を担っている。

慣れないイベントへの参加は稲田の負担が大きい。当日は店も休む必要があるし、下準備の大変さは予想が難しい。そのため稲田は参加を一旦保留にしていたのだ。

「あら、この時間だとやっぱりほとんど残ってないわね」

入り口からの大声に顔を向けると、前髪を紫色に染めた女性が店に入ってきた。年齢は還暦を過ぎたくらいに見える。稲田が慌てた様子で駆け寄った。

「梅ヶ辻(うめがつじ)さん、いらっしゃいませ。おかげさまで今日はいつもより来客が多かったので、順調に売ることができました」

「繁盛するのはいいことよ。ここの家賃くらいは稼いでもらわないとね。せっかくだし、追加で買っておこうかしら」

「毎度ありがとうございます」

梅ヶ辻と呼ばれた女性が総菜を手に取った。稲田がかごを手にすると、当然といった態度で放るように入れる。

稲田が小走りで店舗奥に向かい、戻ってきたときにはお弁当を手にしていた。梅ヶ辻という客のために特別に取り置きしていたらしい。話しぶりから推測すると、この店舗のオーナーなのだろうか。

梅ヶ辻がレジ脇にいる理恵を一瞥(いちべつ)する。品定めするような視線に戸惑っていると、稲田がレジ打ちしながら口を開いた。

「先日お話ししたイベントの担当者さんです。参加を決めたので、今日は色々お話を伺おうと思って来ていただいたんです」

　思いがけず稲田の参加の是非が判明した。理恵が立ち上がって挨拶すると、梅ヶ辻はさらに全身を舐めるように見てきた。

「よくわからないけど、宣伝になるならいいんじゃない」

　梅ヶ辻は興味がなかったのか、こちらには目も向けず支払いを済ませた。そしてビニール袋に入った弁当を受け取る。

「そういえば来週の頭から数日、旅行をする予定なの。だから取り置きはしなくて平気だからよろしくね」

「承知しました。その期間、お庭のニワトリはどうされるのですか？」

「餌と水はたっぷり用意しておくからしばらくは平気よ。でも不安だから、たまに様子見くらいはしてもらえるかしら。実は昨日我が家のポストに、ニワトリが朝早くに鳴いてうるさいって苦情の手紙が入っていたの」

「苦情ですか」

「差出人も不明だから不安なのよ。昔はどこの家でも飼っていたし、ぐっすり寝ちゃえば鳴き声なんてわからないのに気にしすぎよね。それじゃ頼んだわよ」

「承知しました。本日もお買い上げありがとうございました」

　稲田がお辞儀をして、大きな声で見送る。

梅ヶ辻が店を出ると、空気がわずかに軽くなった気がした。

「今のかたは、オーナーさんでしょうか」

「そうなんです。両親の代からこの店を借りているんですよ。古くからの地主さんで、ここら一帯の土地の多くは梅ヶ辻さんの所有なんです」

大地主であれば、人を使うことに慣れたような雰囲気にも納得できた。

「ニワトリを飼われているんですね」

都心から離れた郊外といっても、東京都内の住宅街なのだ。ニワトリを飼育する家があることは驚きだった。すると稲田が苦笑いを浮かべた。

「一週間ほど前から気まぐれで飼いはじめたんです。二羽だけなのですが朝の三時過ぎから大声で鳴くので、近所でも騒音に感じる人が少なくありません。でも梅ヶ辻さん相手だと強く言えなくて」

梅ヶ辻は数年前に夫を亡くし、子供たちも独立して家を出ているという。そのため今は広い一軒家に一人暮らしで暇を持て余しており、張り合いがほしいという理由でニワトリを飼いはじめたそうだ。

稲田は調理のため、ニワトリが鳴く時間には起床している。飼い主である梅ヶ辻は眠りが深いのか、庭先で鳴く声が気にならないようだ。

「ところで出店の件、ご了承いただけるのですね」

「お返事が遅れましたが、よろしくお願いします」

互いにお辞儀を終えた後、稲田が店を見渡した。

「昔から新しいことに挑戦するのが苦手だったんです。このお店も亡くなった両親から受け継いで、昔ながらのやりかたを続けているだけですし」

「今の時代、地道に店を続けられるのも誇るべきことだと思いますよ」

稲田が自信なげな笑みを浮かべる。

「ありがとうございます。実を言うと出店予定のお店を見て、怖じ気づいてしまったんです。どこもお洒落で美味しそうで、私の店なんて場違いに思えて」

「そんなことないです。いなだ屋さんも同じくらい素晴らしいです」

いなだ屋が丁寧に炊きあげたお米で作ったおにぎりもお総菜も、試してみたがどれも絶品だった。理恵の熱の入った言葉に、稲田はくすぐったそうに笑った。

「後ろ向きな発言ばかりですみません。今までとは違う、新しいことにチャレンジしたいと前からずっと考えていました。そこに偶然、朝活フェスのお話をいただき、運命めいたものを感じました。今では自分を変えるチャンスだと捉えています」

稲田の表情は弱気に見えるが、双眸から決意も感じられた。

「こんなに素晴らしいお店たちと一緒に選んでいただけたことを、光栄だと捉えるべきなんですよね。ブーランジェリー・キヌムラさんの評判は聞いていますし、ネットで見たのですが、スープ屋しずくさんも魅力的です」

「どちらも全力でオススメしますよ」

「時間を作ってぜひ立ち寄ってみたいです」

簡単な打ち合わせを済ませると、稲田は昼時のピークタイムの調理に戻る時間になった。理恵は帰りがけ、棚に残ったおにぎりを昼食のために購入した。

いなだ屋を辞去し、駅に戻る。次の電車まで二十分ほどあった。駅の隣に公園があり、東屋（あずまや）が空いている。今朝は寝坊して、朝食をヨーグルトとオレンジだけで済ませた。時刻は十一時前だが公園の東屋に腰かけた。

「わっ」

突然、足下から一匹の動物が飛び出した。そして素早い動きで遠ざかり、視界から消えた。犬でも猫でもなかった。ぬるっとしたフォルムはフェレットやイタチという名称を思い出させたが、その辺りの区別が全くつかない。

「びっくりした……」

おにぎりを取り出し、くるまれたラップを外す。米の一粒一粒が立っていて、瑞々しい照りが食欲をそそる。顔を近づけると炊いたごはんの甘い香りが感じられた。

「いただきます」

頬張るとしっかりと握られているのに、硬めに炊き上がった米が口の中でほぐれた。

ごはんの風味が広がり、ぴんと立った米粒を噛みしめる快感が楽しめる。

常温のごはんは、炊き立てとは別の美味しさがある。塩の塩梅もちょうどよく、噛むほどにごはんの甘みが際立っていく。

海苔は水分を吸ってふやけ、ごはんに絡まりながら磯の風味を味わわせてくれる。具材の梅はしっかりと酸味があり、お米の甘さを引き立てていた。

「やっぱり美味しいなあ」

忙しいときなど、コンビニのおにぎりで済ますことは珍しくない。最近のコンビニは品質が上がり、食べる度に驚きを覚える。充分に満足なのだが、いなだ屋のおにぎりを食べると格が違うと感じてしまう。

イベント来場者の喜ぶ顔を想像し、稲田に了承をもらえたことを嬉しく思った。最初におにぎりを食べたとき、多くの人に味わってほしいと感じた。特に朝活というくくりのなかで集まったお客さんにとって、素晴らしい体験になるはずだ。

電車の時間が近づいている。理恵は手鏡で口元を確認してから、東屋の木のベンチから立ち上がった。


翌週、打ち合わせのため、再びいなだ屋を訪れた。同じ時刻に店を覗くと、またもや店主の稲田と地主の梅ヶ辻の姿があった。だが揉めている様子で入りにくく、しばらく遠巻きに様子を窺う。

漏れ聞こえる会話から察すると、梅ヶ辻が稲田に怒っているようだ。項垂れる稲田が気の毒になり、理恵は声をかけた。

割って入ったことで、稲田は安堵の表情を浮かべた。そして理恵は梅ヶ辻が腹を立てている理由を知ることになる。

梅ヶ辻の旅行中、鶏小屋からニワトリが消えたというのだ。

2

大きめの漆塗りのお椀から、麦味噌と出汁の上品な香りが立ち上る。具材は人参や大根、玉ねぎなど定番の野菜と油揚げ、そして薄切りの豚ロース肉が入っている。朝から豚汁はしつこいかと思ったが、余分な脂が丁寧に除かれているため口当たりがあっさりしていた。汁椀に口をつけ、味わってからひと息つく。

「絶品です」

理恵がつぶやくと、テーブル席の正面で布美子がきゅうりの浅漬けを囓った。

「繊細で上品な味付けだわ。麻野さんは和食を作らせても素晴らしいですね」

「喜んでもらえて光栄です」

麻野がカウンターの向こうで、木べらを動かしながら微笑んだ。店内には野菜をじっくり炒めるときの優しい音と、芳ばしくてほのかに甘い香りが漂っている。

今日のスープ屋しずくの朝ごはんは豚汁定食だ。

具材たっぷりの豚汁と白いごはんだけでも充分だが、きゅうりの浅漬けと海苔が添えられているのが嬉しい。麻野はフランス料理を修業したシェフだが、世界中のスープ料理に精通している。そのため日替わりのスープメニューでは、たまに和食が登場することがあった。

布美子は会社の上司で、イルミナ編集部の編集長だ。今日は布美子から誘いを受け、早朝のスープ屋しずくで待ち合わせをした。お子さんは今日、布美子の母親が面倒を見ているらしい。

布美子が白ごはんを口に運ぶ。伸びた背筋と丁寧な所作は、誠実な仕事ぶりに定評のある布美子らしいと感じた。

「ごはんの炊き具合もいい塩梅だわ。一つのことを突き詰めると、他の分野でも成果を発揮できるから不思議よね」

「……そうですね」

理恵が顔を伏せると、布美子が心配そうな眼差しを向けてきた。

「奥谷さん、やっぱり今の仕事は不満かしら」

「そういうわけではありませんが、ちょっと戸惑っています」

　理恵は同じ仕事を続けるために、イルミナ編集部ごと今の会社に移籍した。それは自身の仕事の在り方について考え抜いた結果だった。

　だけど会社を移って以来、予期せぬ業務を割り振られている。朝活フェスも未知の仕事だ。布美子が今日誘ってくれたのも、処遇への不満を察知したためだと思われた。

　海苔をごはんに載せ、くるんでから口に運ぶ。海苔がぱりっと音を立て、柔らかめに炊かれたごはんと口の中で混ざり合う。おにぎりのしっとりした海苔も米と混ざり合って美味しいが、ぱりぱりの海苔とごはんも好物だった。

「私も奥谷さんの配置については、上の人に相談しているわ。今の仕事が終わったらきっとイルミナに戻れるから」

「ありがとうございます。でもまずは与えられた仕事をこなしますね」

「その意気よ」

　冗談めかして力こぶを作る。だけど内心では自分はイルミナに必要なのか疑問を感じていた。理恵が不在でも布美子がいればイルミナは動いていくのだ。

　味噌汁の具材を口に運ぶ。透明な根菜を噛み、大根かと思っていた理恵は驚く。しゃりっとした食感は明らかに大根と異なり、ほのかな甘みがあり瑞々しい。食感は梨やくわいを連想させるが、どちらとも違う。

「麻野さん、この野菜は何ですか？」

「アンデス原産の根菜のヤーコンです。生食も可能で、サラダや和え物にしても美味しいですよ。詳しい栄養はそちらのブラックボードをご覧ください」

麻野が手を洗ってからしゃがみ、立ち上がるとさつまいもに似た野菜を手にしていた。でも色味はじゃがいもに近いので不思議な感じがする。

店内奥にあるブラックボードに目を遣る。スープ屋しずくでは日替わりメニューに使う具材について説明してくれるのだ。

ヤーコンはアンデス高地原産で、秋から冬にかけて旬らしい。豊富に含まれるフラクトオリゴ糖は虫歯菌の栄養にならず、腸内の善玉菌を増やして悪玉菌を減らす整腸効果が高いとされているそうだ。

再びヤーコンの薄切りを口に運ぶ。甘さがあっさりとして品がよく、しゃきっとした歯触りも小気味良い。はるばる南米からやってきたのに、和の出汁や味噌を邪魔せず、大昔から日本にいるみたいな佇まいで馴染んでいた。

豚汁は最初しっかり熱かったが、温度が下がるごとに徐々に風味を変えていった。ぬるくなったことで味噌の優しさが表に出て、豚肉や野菜の甘みも強調されていく。

するとそこでカウンター奥のドアから露が姿を現した。

「おはようございます」

露の挨拶に、一同が挨拶を返す。露はお辞儀をしてからカウンターに腰かけた。理恵と布美子が朝の時間に居合わせるのはひさしぶりだ。歓談の邪魔にならないよう離れた席に座ったのだろう。そこで布美子が小首を傾げる。

「そういえばニワトリが消えた件は解決したの？」

先日起きたニワトリ消失騒動について、会社の休憩時間に布美子と雑談した際、簡単に伝えていた。

「特に進んでいません。解決しなくても出店には問題ありませんが、店主さんがお困りのようなので可能なら力になりたいんですよね」

「誰が何の目的でそんなことしたのかしらね」

「ニワトリの話って何ですか？」

カウンターの露が身体を捻り、興味深そうな顔を向けてきた。仕事中に遭遇した問題だけれど、隠す必要のある話でもない。布美子に目配せすると、「問題ないんじゃないかしら」と微笑んだ。そこで理恵は露に、いなだ屋で見聞きした話を伝えることにした。

稲田が最初に感じた異変は、早朝にニワトリの声が聞こえないことだったという。

普段、稲田は仕込みのため午前三時半に起床する。身支度を整えてから外に出て、習慣として朝の景色をスマホで撮影する。店のＳＮＳで早朝の景色を公開したところ、好評だったため続けているのだ。

普段は朝焼けに包まれつつ、ニワトリの声が響き渡るらしい。その日は聞こえなかったが、稲田は気にしつつも朝の仕込みの手を進めた。

通常通り営業をこなし、昼のピークタイムが終わった頃だった。ふとニワトリが気になり、様子を見に行くことにした。すると梅ヶ辻宅の庭先にある鶏小屋がもぬけの殻だったというのだ。

慌てて梅ヶ辻に連絡したが、携帯電話の電源を切っていたのか通じなかった。梅ヶ辻は次の日の夜に帰宅し、稲田が残した手紙でニワトリが消えた事実を知った。理恵が訪れたのは、その翌日の出来事らしい。

「地主の梅ヶ辻さんは、ニワトリが消えたことに大変ご立腹でした。稲田さんは鶏小屋の様子を見るよう頼まれていたため、責任を感じているようです」

話を聞いていた布美子が質問を挟む。

「四六時中監視するわけにもいかないし、ニワトリが消えるとはさすがに思わないわ。ちゃんと鍵はかかっていたのよね」

「それが錠前は設置されていなくて、金属製の小さなかんぬきだけだったんです。つまり外からなら誰でも開けられたわけです」

「不用心ね」

布美子が眉根を寄せる。

加えて庭は門扉で閉ざされておらず、誰でも出入り可能だった。さすがに自宅は施錠していたが、庭や鶏小屋からは何も盗まれないと高をくくっていたようだ。

かんぬきは人間の手でしか開けられない。近隣の住宅地で野放しのニワトリが目撃されていないこともあり、勝手に逃げ出した可能性はないように思われた。

そこで布美子が質問を挟んできた。

「通報はしたの？」

「梅ヶ辻さんが警察嫌いらしいんです」

パトカーや制服警官が自宅にやってくれば否応にも注目を浴びる。警察に極力連絡したくない気持ちは理解できた。

稲田はニワトリが消失した日の前日の夜七時頃、鶏小屋にいるニワトリを確認している。言いつけを守って、ちゃんと様子見をしていたのだ。そのため犯行は前日夜七時から、ニワトリが鳴くはずの明け方の間に行われた可能性が高い。

だが夜中にニワトリが騒げば、近所の誰かが聞きつけるだろう。そういった情報がないことは稲田が確認済みだ。

「稲田さんは調べたことを梅ヶ辻さんに伝えたそうです。でも梅ヶ辻さんは独自の考えに基づいて、何人かを容疑者だと決めつけたみたいなんです」

鳥類は三歩で全て忘れるなんて話もあるが、実際は人の顔を覚えるらしい。二羽いるニワトリは基本的に人が近づくと騒ぐそうだが、飼い主の梅ヶ辻や、よく挨拶をする稲田が鶏小屋に入っても警戒しないという。

鶏小屋は道路に接し、通行人も近づくことができた。大半は素通りするが、他にも三名ほどニワトリが騒がない相手がいた。そしてその全員がいなだ屋の常連でもあった。理恵はこの情報を、いなだ屋を訪れたときに怒れる梅ヶ辻から耳にした。

「一人目は近所の高校に通う綱島さんという女の子ですね。自宅は離れていますが、通学路に鶏小屋があるため梅ヶ辻さんとも挨拶する仲だそうです。梅ヶ辻さんのお孫さんも同じ高校らしいですね」

元気よく挨拶をする子で、梅ヶ辻の印象も良いらしい。ニワトリにも道路脇から笑顔で接し、餌を直接あげたこともあるそうだ。

「ラクロス部に所属していて、いなだ屋で買うおにぎりが練習のエネルギー源みたいです」

次は梅ヶ辻宅のお向かいに住む酒川という二十代の青年だ。

トラック運転手で夜勤が多く、生活サイクルが完全に昼夜逆転していた。早朝にいなだ屋で買うおにぎりが、酒川にとっての夕飯に当たるそうなのだ。

「地方の山間に暮らすご親戚が庭でニワトリをたくさん飼っているらしくて、扱いには慣れているそうです。そのため通りすがりに挨拶しているみたいですね」

　酒川は三日勤務して二日お休みという勤務体系らしい。鶏の鳴く夜中の時間帯は仕事中か、休日であればお昼くらいの感覚のようだ。

「最後は近所に半年前引っ越してきた会社員の岡上さんです。朝のジョギングが習慣で、朝食のためにいなだ屋に寄るそうです。そしてその通り道にニワトリがいるため、次第に慣れていったようですね」

　毎朝ジョギングをするなど健康そうだが、稲田によると最近顔色が優れないそうだ。

「梅ヶ辻さんはこの三人が怪しいと話していました。すぐにでも直接問い質す勢いで、稲田さんが慌てて止めていました。そうしたら梅ヶ辻さんが、『それならあなたが犯人を突き止めて』と稲田さんに命じたんです」

「稲田さんも立場上断りにくいでしょうね」

　布美子の指摘に理恵はうなずく。オーナーの頼みであれば無碍にはできない。ニワトリの様子見を頼まれていたことにも責任を感じている。

　朝活フェスに名を連ねる以上、稲田は大切な仕事相手だ。ストレスのない状態でイベントに参加してほしかった。

　理恵と布美子はほぼ同時に豚汁を食べ終える。一緒に会計を済ませると、麻野と露が続けて笑顔を向けてくれた。

「いってらっしゃいませ」

「お仕事がんばってくださいね」

「ありがとうございます。行ってきます」

ドアベルの音と一緒に外に出ると、朝の光を眩しく感じる。なぜか布美子が微笑ましいとでも言いたげな表情で、麻野たちに見送られる理恵を見守っていた。

「……あの、何でしょうか」

「別に。出社時刻に遅れるわ。早く行きましょう」

布美子がきびきびした歩き方で先を進む。他のお客さんがスープ屋しずくのドアを開き、店に入っていく。理恵は早足で布美子の背中を追いかけた。


朝七時前、都心から離れる電車は空いていた。

改札を抜け、先日と同じ経路でいなだ屋を目指す。

今日は昼前に遠方の会社へ赴く予定が入っていた。会社に立ち寄ると遠回りになるため、自宅から直接向かうつもりだった。

スマホで目的地まで経路検索をしたところ、いなだ屋の最寄り駅を通過することがわかった。朝活フェスへの参加を頼む以上、朝営業にも顔を出すべきだと思っていた。

そこで出発時間を早めて立ち寄ることにしたのだ。

　午前七時半開店で、朝のピークタイムは八時過ぎと聞いている。理恵は開店直後に挨拶し、商品だけ買ってすぐに退散する心づもりだ。

　朝七時半の五分前、店の前に到着した。シャッターが半開きで、奥から店の明かりが漏れている。開店を待っていると、シャッターの向こうから声が聞こえた。

「熱は下がりましたか。お大事になさってください。三十分くらいなら私だけで平気なので、焦らずゆっくりいらしてください」

　シャッターが開き、耳と肩でスマホを挟んだ稲田が姿を現す。稲田は通話しながら理恵に営業スマイルを向けた。

「いらっしゃいませ。あっ、奥谷さんでしたか。今日はどうされたのですか」

「外回りがあったので、道すがらに立ち寄らせていただきました。話し声が聞こえてしまったのですが、何かトラブルでしょうか」

　稲田が出入口ドアに営業中のプレートをかけた。

「実はレジをお願いしているパートさんが、お子さんのご病気で遅れるそうなんです。幸い症状は軽く、お店にもあと三十分ほどで来られるようなのですが」

　朝のピークタイムは八時からと聞いている。ひとりで調理とレジの両方をこなすのは困難だろう。理恵は悩む前に小さく手を上げた。

「レジ打ちは私でもできそうですか？」

「そんな、奥谷さんのお手を煩わせるわけにはいきません」

「学生時代、コンビニでアルバイトした経験もあります。三十分くらいなら何とか時間を稼げると思います。次の予定まで余裕があるので、どうか私にお任せください」

稲田は店内の棚に目を遣る。パートが来なかった影響か、開店直後なのに商品があまり並んでいない。

「すみません、本音を言うと非常に助かります」

稲田が恐縮した様子でレジの使い方を説明してくれる。タブレットのレジ機能を導入していて、会計やレシート発行など、学生時代よりずっと簡単そうだ。

「それではお願いします」

エプロンを手渡され、レジに立つ。稲田の前では虚勢を張ったが、内心は怖じ気づいていた。実はコンビニバイトも半年で辞めている。

早速お客さんがやってきた。理恵は下腹に力を込め、大きく息を吸う。

「いらっしゃいませ！」

以前店を訪れたとき、稲田は大きな声で挨拶をしていた。ほんの短い間でも接客を買って出たのだ。店の印象を下げることはできない。

「初めての店員さんだ。新人さんですか？　あれ、でもスーツ姿ですね」

校章入りのジャージ姿の女の子で、細長いケースを背負っていた。髪はさっぱりとしたショートだ。理恵は笑顔で応える。

「今だけ特別に手伝わせてもらっているんです」

「へええ、そんなことあるんですか」

女の子が愉快そうに顔を綻ばせる。すると背後からオーナーの梅ヶ辻が入ってきて、女の子が振り向いて元気よく挨拶した。

「あ、梅ヶ辻のおばあちゃん。おはようございます！」

「今日もラクロスの朝練かい」

梅ヶ辻が挙げていた犯人候補に、ラクロス部の女子高生がいたことを思い出す。名前はたしか綱島といったはずだ。

「あたしは不器用だから、人一倍練習しないとみんなに追いつけないんで」

綱島が明るく返事し、朝から爽やかな気持ちになる。すると梅ヶ辻は棚に置かれた幕の内弁当に迷わず手を伸ばした。

「熱心なことだねえ。うちの明子（あきこ）もレギュラーを取れたって喜んでいたよ。今度の大会は応援に行かせてもらうから。……あっ」

そこで梅ヶ辻が口元を手で覆う。

「すまないね。孫はあんたからポジションを奪っちまったんだろ。先輩に申し訳ないと気まずそうにしていたよ。勝負の世界は厳しいねえ」

「えっと、あはは」

綱島が顔を引きつらせ、梅ヶ辻は弁当をレジに置く。ごはんの中央に真っ赤な梅干しが埋め込まれていた。理恵は弁当のラベルを確認し、タブレットをタップする。

「あれ、あんた見ない顔だね。新人さんかい」

「今日だけの臨時なんです」

先日会ったことは覚えていないらしい。受け取った金額を入力し、会計ボタンを押す。レシートが印刷され、表示された釣り銭を手渡す。それからビニール袋に商品を入れ、梅ヶ辻に手渡した。

「お買い上げありがとうございました！」

「朝から威勢がいいねえ」

梅ヶ辻が鬱陶しそうな言い方で商品を受け取る。

「それじゃあんたも、せいぜい部活をがんばりな」

梅ヶ辻が綱島を一瞥してから出て行く。綱島はケースを握りしめ、梅ヶ辻が去ったほうを悔しそうに見詰めていた。

するとと梅ヶ辻と入れ替わるように、よれよれのシャツの男性があくびをしながら入店してきた。年齢は二十代前半くらいだろう。理恵が「いらっしゃいませ」と言うが、レジには顔を向けない。それから綱島が表情を明るくさせた。

「おっす、酒川さん。今日もだらしないなあ」

「学生と違って、こっちは夜勤明けなんだよ」

梅ヶ辻が挙げた犯人候補のうちの一人、酒川のようだ。綱島も酒川も朝の常連だから面識があるのだろう。すると綱島がにんまりと笑って酒川に近寄った。

「それで酒川さん、例の彼女とは進展ありました？」

「だから彼女じゃないって。ＳＮＳでやりとりしているだけで、一度も会っていないんだから」

「でも週に何度もオンラインで長話してるんですよね。気が合う証拠ですよ」

恋の話題なのか、綱島はとても楽しげだ。

「ちょっと話し込むだけだよ」

「でも相手の顔を見ると緊張して、つい見栄を張っちゃうって悩んでましたよね。それって相手を意識しているからですよ。もっと積極的になりましょう」

「うっかりお前に話すんじゃなかったよ」

酒川が渋い表情で棚の商品を眺めるが、綱島との会話を嫌がっている様子でもなかった。綱島はジャンボおにぎり二つと総菜セットを抱え、レジの台に置きつつ酒川との会話を続ける。

「お相手も昼夜逆転しているんですよね。お仕事はイラストレーターでしたっけ。酒川さんの生活サイクルと合致する相手なんて、なかなかいないと思うんです」

「まあ、そうだよな」

イラストレーターとなら理恵も何度も仕事をしている。期日通りに納品できれば生活サイクルは自由だから、完全に昼夜が逆転していても問題ないはずだ。

「でも絵を描いて生計を立てるなんてすごいですよね」

「子どもの頃からの目標だったそうだ。夢をあきらめてくすぶったまま、ダラダラと仕事だけしている俺とは大違いだよ」

慎重にディスプレイ上のジャンボおにぎりのツナとツナマヨ、そして唐揚げセットをタップする。商品を手渡すと、綱島が酒川に近づいていった。

「何を卑屈なことを言っているんです。配送業だって大切な仕事じゃないですか。応援していますから、進展があったら教えてくださいね」

「はいはい、わかったよ」

酒川に見送られ、綱島が店を去る。酒川があくびしながら鮭のおにぎりを二つ手に取ると、トレーニングウェア姿の男性が入店した。肌がほのかに汗ばんでいて、理恵の挨拶に軽い会釈を返した。

「酒川くん、おはよう」

「あ、岡上さん。おはようございます」

梅ヶ辻が最後に挙げた犯人候補の名前だったはずだ。痩せ形のひょろ長い体型で、年齢は三十代半ばくらいだろうか。早朝に顔を合わせるからか、犯人候補の三人は知り合いのようだ。

おにぎりを入力していると、岡上が酒川に声をかけた。

「そういえば、前から聞きたいことがあったんだ。酒川くんって先週くらいの朝に、駅前のビジネスホテルから出てこなかったか？」

酒川の顔が強張（こわば）る。だけど岡上に背を向けているため、表情の変化は理恵にしかわからない。酒川はとぼけたような表情になって振り向いた。

「駅前のサンライズインですか？　俺じゃないですよ」

「やっぱり見間違いか。酒川くんのアパートから歩いて二十分だから、駅前のホテルに泊まる意味なんてないよな。でもあまりに似ていて気になっていたんだ」

「ドッペルゲンガーなんて不吉だなあ。それより岡上さんこそ調子が良さそうですね。ちょっと前までかなり顔色が悪かったですけど」

稲田も岡上の体調を心配していた。だが理恵の前にいる岡上はすこぶる健康そうだ。

すると岡上が苦笑を浮かべた。

「実はニワトリの鳴き声が消えたおかげなんだ。昔から眠りが浅くて、毎朝起こされて寝不足だったんだ。我が家は鶏小屋から近いから、本当にうるさくてね」

「俺はその時間は大体起きていますけど、正直かなり騒々しかったですよね」

岡上が疲れた様子でため息をついた。

「早朝のオンドリの鳴き声は、車のクラクションと同じ一〇〇デシベルに達するらしい。夜間での騒音の基準は五〇までだから、遥かに超える数値なんだよ」

車のクラクションを毎朝鳴らされたら、寝不足でノイローゼになるだろう。すると岡上が肩を竦めた。

「盗まれたのはよくないが、ニワトリのためには良かったよ」

「あいつが悪さをする前で何よりです。梅ヶ辻さんに伝えても、相手にしてもらえませんでしたからね」

理恵には会話の内容の意味がわからない。そこで理恵の背後から、稲田がプラスチック製のケースを抱えて出てきた。おにぎりや総菜、お弁当が大量に入っている。稲田が客を見て大きな声を上げた。

「酒川さん、岡上さん。おはようございます！」

「おはよう、稲田さん。それじゃ新人さんもお仕事がんばって」

酒川がビニール袋片手に店を出ていく。

理恵は稲田を手伝っておにぎりを並べる。岡上は新しい商品から選ぶつもりのようだ。すると稲田がお弁当を並べながら岡上に訊ねた。

「ニワトリのためにも良かったって、どういう意味でしょう」

酒川と岡上の会話を、稲田は耳にしていたらしい。岡上はおかかおにぎりを手に取ってカゴに入れた。

「実は酒川くんから先日、妙な動物を目撃したと教えられてね。特徴を聞いたらアナグマだったから、ニワトリの心配をしていたんです」

「アナグマですか」

理恵は思わず問い返してしまう。郊外とはいえ東京都なのだ。周囲に緑が多いけれど、アナグマなんて出没するのだろうか。

「都内は意外に動物が出ますよ。都心の公園にもタヌキがいますし、ハクビシンは住宅街のゴミを荒らします。そしてアナグマはニワトリを襲ってしまうんですよ」

アナグマは体長五十センチ前後ほどのイタチ科の動物で、その名前の通り穴を掘ることが得意なのだそうだ。雑食性のためニワトリを襲うこともあるらしい。

そこで理恵は以前、駅近くの公園で謎の動物に遭遇したことを思い出す。正体が全くわからなかったが、あれがアナグマだったのかもしれない。

「鶏小屋を囲うようにコンクリートブロックを埋めないと、アナグマが穴を掘ってニワトリを襲います。でも梅ヶ辻さんの自宅庭にある鶏小屋にはブロックがなかったので、いつ被害に遭うかとハラハラしていたんです」

心配していたときを思い出したのか、岡上が安堵のため息をついた。

「酒川くんも親戚の家で以前、可愛がっていたニワトリが動物に襲われたらしく心配していたようですね。梅ヶ辻さんにもアナグマの危険性を訴えたようですが、気にしすぎだと取り合ってもらえなかったようです」

梅ヶ辻の対応は簡単に想像できた。

「動物にお詳しいんですね」

稲田が言うと、岡上は軽く頷いた。

「ペットショップで働いているので。それじゃお会計をお願いします」

「ありがとうございます！」

岡上に商品を手渡され、レジに向かう。手早く会計を済ませ、稲田と一緒に岡上を見送った。店内に客がいなくなると、稲田が理恵に頭を下げた。

「奥谷さんのおかげで、何とか調理が進みました。ありがとうございます。本当に助かりました」

「少しでもお力になれたなら何よりです」

そこに一人の女性が店に駆け込んできた。遅れてきたパートさんで、稲田に向けて何度も謝罪していた。手伝いへの謝礼は固辞したが、どうしてもと言われておにぎりセットを無料でいただくことになった。

帰り際、理恵は稲田に訊ねた。

「例の調査は進みました？」

「ほとんど何もわかりません。ただ酒川くんはニワトリが消えた日、トラック配送の勤務日でした。疑わしい人物が減って何よりです」

酒川が働いていたなら、ニワトリを連れ去るのは不可能のはずだ。

お辞儀をする稲田に見送られ、いなだ屋を離れる。ほんの三十分だけの接客業は気疲れしたが、普段と違う仕事は新鮮な気持ちにもなれた。

理恵はふと思い立ち、スマホで地図アプリを立ち上げた。

わからなければすぐにあきらめる予定だったが、百メートルほど先に周囲より明らかに広い住居があった。

少し歩くと、古い日本家屋が見えた。門に梅ヶ辻と表札が掲げられてある。

梅ヶ辻の自宅の周りを歩く。付近にはアパートやマンション、一戸建てなど住居が建ち並んでいる。だが道路を挟んだ南側だけ広々とした林で、高い木々が茂っていた。近隣の土地は全て梅ヶ辻の所有らしいから、あえてここだけ緑を残しているのかもしれない。

理恵は梅ヶ辻の自宅の庭先に、小さな鶏小屋を発見する。

木材と金網で出来た簡素な造りで、当然だがニワトリは一羽もいない。地面に鶏の羽が落ちている。ボウルに水が溜まり、食べかけの餌が残っていた。

現場を見てみたけれど、真相は何も思い当たらない。打ち合わせの時刻も迫っているため、理恵はバス停に向けて歩き出した。

3

地下鉄の階段を上ると、地上の空気を肌寒く感じた。十二月が目前に迫り、冬の気配が近づいている。

朝七時半はまだ通勤客の姿も少なく、あくびをしながらスープ屋しずくを目指す。細い路地に入ると、ビルの谷間のほの暗い道の先に暖色の灯りが見えた。

ドアを開けるとベルが鳴り、優しいブイヨンの香りが感じられた。

「おはようございます。いらっしゃいませ」

「おはようございます」

店主の麻野が、今日も穏やかに出迎えてくれる。店内に目を遣るとカウンターに露が座っていて、すでに朝食を楽しんでいる。

「おはよう、露ちゃん」

「理恵さん、おはようございます」

それからテーブル席の先客に気づく。見覚えがあり、理恵は目を丸くした。

「稲田さん？」

「あ、奥谷さん。おはようございます」

テーブル席にいたのは、いなだ屋の店主の稲田だった。席にはコーヒーだけで皿に盛られたパンがなく、スープ皿も置いていなかった。

「そういえば今日はお店がお休みでしたね」

いなだ屋は水曜定休だったはずだ。稲田が店内を見回す。

「おすすめいただいてから、ぜひ来たいと思っていたんです。仰っていた通り素敵なお店ですね」

理恵は断りを入れ、稲田が座るテーブル席の向かいに腰かけた。すると麻野がカウンターの向こうから話しかけてきた。

「お知り合いでしたか？」

麻野に訊ねられ、理恵がうなずく。

「朝活フェスに出店されるお弁当屋さんの店主さんです。いなだ屋さんの名物のおにぎりは絶品なんですよ」

理恵の正直な感想に、稲田が照れた様子だ。すると麻野が笑みを浮かべた。

「なるほど。僕も含め、イベントを一緒に盛り上げる仲間というわけですね」

「確かにそうですね」

それから麻野は本日の日替わりスープの説明をしてくれた。理恵は了承してから、普段とは違ってドリンクだけを用意する。聞けば稲田の食事もこれからのようだ。席に戻ってすぐ、麻野が二人分のスープを用意してくれた。

「スペイン風雑炊のカルドソです。具材はたっぷりの野菜と海老にしてみました」

茶色い色のスープボウルは、土器を思わせる丸みを帯びている。スープは赤だが、トマトとも違う色合いに感じられた。具材はキャベツやカブなど寒い時期が旬の野菜、そして大ぶりの剝き海老だ。そして雑炊だけあって、ごはんもたっぷり入っていた。

麻野の事前の説明で、今日はお米を使ったスープ料理だと聞かされた。そのためパンは用意しなかったのだ。定位置のかごに盛られたパンの量も今日は少なめだ。

「スペインにも雑炊があるのですね」

「パエリアに代表されるように、米料理が好まれていますからね。スープたっぷりだとカルドソで、リゾットくらいならメロッソ、そしてパエリアはセコという調理法に分類されるようです」

スペインは日本に負けないくらい米料理の種類が豊富のようだ。正面の席では稲田が目を輝かせている。

「とてもお詳しいのですね」

「色々な国のスープ料理を調べるのが好きなんです。趣味と実益を兼ねることができているので、個人的には幸運だと思っています」

好きなことを仕事にするのはやめたほうがいい、といった意見を聞くこともある。だけど好きだからこそ突き詰められるし、うまく仕事で発揮できれば満足感は大きくなるに違いない。

「ではいただきます」

金属製のスプーンを手に取り、ごはんと一緒に口に運んだ。スープには野菜や海老の旨みがたっぷりと溶け込み、トマトのコクも感じられた。そしてどこか馴染み深い風味も入っているように思えたが、その正体がわからない。

米はスープをたっぷり吸い、日本の雑炊やお粥と違って粒がしっかりして歯応えがある。カブやキャベツなどの野菜は甘みが強く、かすかなえぐみが野菜本来の風味として活きている。控えめな塩分も朝にぴったりで、ぷりぷりとした海老も食べ応えがあった。

「今日も最高ですね」

「ありがとうございます」

カルソドを口にした稲田も驚きの表情だった。

「美味しいです。食べ慣れないスペインの料理と聞いて不安も感じたのですが、とても食べやすいです。お米にはこんな調理法もあるのですね」

日本のふっくらと炊きあげたお米と違い、このカルドソはほのかに芯が残っている。歯触りは全く異なっているが、洋風の味にはこちらのほうが合っていた。

「それになぜか懐かしく感じます。この風味は何だろう。かつおぶしを思い出しますが、でも全然違いますよね……」

稲田の感想に理恵は得心する。何となくかつおぶしを連想させる、懐かしい風味が味の核になっている。すると麻野はセロリの葉を選別しながら答えた。

「おそらくピメントンだと思います。スペイン産のパプリカを燻製にしてから粉にしたもので、スペインではよく使われます。旨み成分が強いこと、そして燻製の香りがかつおぶしに近い印象を与えるのかもしれません。ピメントンについては奥のブラックボードにも詳しい説明がありますのでご覧ください」

ブラックボードへと目を向ける。するとそこにはパプリカにはカプサンチンと呼ばれる赤色色素が入っていると書かれていた。辛味成分のカプサイシンと名前が似ているが異なる栄養成分らしい。

カプサンチンには強い抗酸化作用があるとされ、善玉コレステロールの増加や動脈硬化の予防に寄与すると言われているという。また、パプリカにはたくさんのビタミンＣも含まれているらしかった。

稲田がスープを口に運び、笑みを浮かべる。

「不思議ですね。素材の栄養を意識すると、充実感が増した気がします」

「そうですね」

テーブルで向かい合い、ゆっくりと朝の食事を楽しむ。

半分ほど食べ進めたところで、稲田が小さなため息をついた。気になった理恵はルイボスティーを飲んでから訊ねた。

「ニワトリの件に進展はありましたか？」

「お気遣いいただき、ありがとうございます。実は少しだけ進みました。ただ梅ヶ辻さんは今のところ、綱島さんが犯人だと疑っているみたいです」

「あの元気な女の子ですよね」

稲田がうなずく。綱島のレギュラーの座を梅ヶ辻の孫が奪った。梅ヶ辻は、綱島がその事実に逆恨みして嫌がらせをしたと考えているそうなのだ。

「確かにレギュラーから外されて落ち込んでいました。でもポジションを奪われたのは実力で、取り戻そうと前向きにがんばっています。そんな綱島さんがあらぬ疑いをかけられるなんて、あってはならないと思うのです」

根拠のない噂（うわさ）が本人の耳に入ること自体、避けるべきだと思う。それに部活のポジション争いは、ニワトリを盗む動機としては弱いように感じられた。

「それと岡上さんについて、驚いたことがあったんです」

先日、稲田は岡上と店で二人きりになるタイミングで雑談をしたという。稲田は岡上の調子が戻ったことを喜んだ。そこで岡上は驚きの事実を口に出したそうなのだ。

「梅ヶ辻さんのお宅に以前、ニワトリの騒音について苦情の手紙が届いたことはご存じですよね。実は差出人は岡上さんだったんです」

「そうだったのですか」

岡上はニワトリの騒音に悩まされ、耐えきれずに苦情をポストに投函(とうかん)したというのだ。岡上が引っ越してきた分譲住宅の土地も梅ヶ辻が所有している。素性を明かして苦情を伝えるのは難しかったのだろう。

動機面から考えれば岡上が一番あり得るし、アナグマから救うという大義名分もある。しかし犯人であれば、手紙の差出人である事実を軽々と打ち明けるだろうか。

「それと……、こちらを見ていただけますか。早朝に撮影したのですが」

稲田がバッグからスマホを取り出した。そして画面を操作し、一枚の写真を理恵に見せた。そこには左斜め方向から撮影されたいなだ屋が写っていた。朝焼けに照らされた建物は幻想的で、くっきりとした陰影は目を惹(ひ)く魅力があった。

「綺麗(きれい)ですが、これが何か？」

「端に一台のトラックが写っていますよね」

斜めから撮影したため、写真には道路も入り込んでいる。そして道路には一台のトラックが走っていた。

「トラックの荷台に会社名が書いてありますよね。ここは酒川さんの所属する運送会社なんです。ですが道路の狭いあの一帯の住宅街を、このトラックが配送ルートに選ぶことは考えにくいんです」

酒川が勤務する会社は長距離輸送が専門だった。いなだ屋の付近を通過するにしても、基本的には一キロほど先にある国道を通るはずだというのだ。

事件当日、酒川は勤務中だった。そのため真っ先に候補から外れたが、撮影されたトラックの運転手が酒川なら話は別だ。画像にはナンバープレートも写り込んでいる。会社に問い合わせれば運転手はすぐに判別するだろう。

稲田が暗い顔で口を開く。

「でも動機がありませんし、酒川くんのことを疑いたくないんです」

酒川はいなだ屋の昔からの常連だという。以前は大学で建築の研究をしていて、卒業後はヨーロッパへの海外留学が決まっていたという。だがご両親が事故に遭い、介護が必要になってしまう。そのため留学をあきらめ、就職せざるを得なくなったそうなのだ。そのご両親も昨年、相次いで亡くなってしまう。

一人暮らしになった酒川は、しばらく働くだけの生活を続けていたという。だが先々月くらいから表情が明るくなったそうだ。稲田が事情を聞くと、留学のため貯金をしていると嬉しそうに話したらしい。

「酒川くんはＳＮＳで知り合った女性の影響だと笑っていました。お相手が夢を実現して活躍するプロの絵描きさんで、自分も目標を実現させ、相手に胸を張れる自分になりたいと意気込んでいるんです」

大切に想う相手ができたとき、並び立てる存在でありたい。そう願うのは自然な感情だし、自分を奮い立たせる充分な動機に思えた。

そこで稲田さんが小さく息をついた。

「色々な人に疑いを抱いていますが、梅ヶ辻さんにも事情があるんです。旦那さんが亡くなったのを機に相続問題で揉めて、お子さんやご親戚との関係がこじれてしまったんです」

以前は今ほど意地悪な性格ではなかったそうだ。金銭が絡んだトラブルが、人柄に影響を与えることは珍しくない。現在では隣町に住む次女の家族とだけ交流があるらしい。その次女の娘が、綱島の後輩のようだ。

「ニワトリの世話をすると子どもの頃を思い出すと、梅ヶ辻さんは懐かしそうに笑っていました。騒音は問題ですが、誰かが勝手に奪うのは間違いです」

稲田が犯人を捜すのは、客への疑惑を晴らすこと、そして梅ヶ辻のための両方の意味合いがあるのだろう。

理恵も推測をしたけれど、犯人は皆目検討がつかなかった。麻野なら解決できるだろうか。だけど毎回頼るのも気が引ける。そこでふいに露が声をかけてきた。

「あの、朝活フェスに出店されるんですね」

露は緊張の面持ちだった。基本的に人見知りなので、理恵の知人とはいえ話しかけるのは珍しい。麻野も驚きの表情で露を見守っている。

「ええ、その予定ですよ」

稲田が答えると、露が小さくお辞儀をした。

「私は店主の娘の麻野露と言います。当日はお邪魔すると思いますので、どうぞよろしくお願いします」

「いなだ屋というお弁当屋さんをやっている稲田です。こちらこそよろしくね」

それから露が麻野に顔を向ける。

「さっきお父さん、朝活フェスを一緒に盛り上げる仲間だって話していたよね」

「えっと、そうだね」

露に突然話を振られ、麻野が戸惑いの表情を見せる。

「理恵さんたち、何か悩んでいるみたいだよ。だからさ、仲間なら解決に協力してあげてもいいんじゃないかな」

露は他人の感情を察するのが得意だ。そして理恵が相談するのを躊躇しているのに気づいたのだ。麻野が悩み顔になる。

「勝手に首を突っ込むわけにはいかないよ」

本音を言うと、橋渡しはありがたかった。理恵は麻野に向けて口を開いた。

「私としてはお話を聞いていただけると助かります。もちろん稲田さんがＯＫだったらですけど……」

「あの、私は別に構いませんけど」

麻野の洞察力を知らない稲田は、戸惑いつつも了承してくれた。

「わかりました。それでしたら僕もご協力させてください」

麻野が笑顔のまま、カブを丁寧に洗う。

「ありがとうございます」

理恵は麻野に感謝を告げてから、露に小さく会釈する。すると露は照れくさそうに笑みを返してくれた。

ニワトリの件について麻野に説明する。関係ないかと思われる些細な情報でも伝え、当事者である稲田も補足してくれた。

麻野は器用に下拵えを進めながら、無言で耳を傾けている。説明を終えると、麻野は炒めた野菜を大きな寸胴に移した。

「そうですね……」

麻野が目を伏せ、思案顔になった。

「可能性としては、トラック運転手の酒川さんが最も疑わしいですね。その会社のトラックが通過するのは不自然なようですし、助手席か荷台に鳥籠を準備すればニワトリを連れ去ることも可能でしょうから」

「動機はニワトリをアナグマから助けるためでしょうか」

酒川に梅ヶ辻への恨みはない。理恵の疑問を聞きながら、麻野はフライパンをたわしで洗いはじめた。

「アナグマも理由のひとつでしょうが、他の可能性も思い当たりました。おそらく酒川さんには、ニワトリを別の場所に移したい理由があったのです」

理恵は稲田と顔を見合わせる。酒川にそのような動機があるとは思えなかった。

だが麻野から聞かされた推理は、思いもよらないものだった。

目の前のスープ皿が空になる。理恵の出勤時刻が迫っていた。稲田は都内で用事を済ませてから、いなだ屋に戻る予定らしい。

「本日は大変お世話になりました」

帰り際、稲田が麻野に深々と頭を下げる。

「いえ、まだ正解かわかりませんから」

麻野が戸惑った様子で答えるのを見ながら、理恵は露に小声で話しかけた。

「今日はありがとう」

「推理したのはお父さんだから」

露のアシストのおかげで、問題は解決に向かいそうだ。露たちに別れを告げ、会計を済ませてから店を出る。曇りがちの空のせいで周囲は薄暗い。夜明けの時間が遅くなるのを日々感じる。稲田と大通りで別れ、理恵は会社に向かうため地下鉄の階段を下りた。

4

目の前に、厚手の陶製のスープボウルがテーブルに置かれる。石膏(せっこう)を思わせる白の器にはさらっとしたクリームスープと刻んだ野菜、そして大ぶりのヒオウギガイが入っていた。

「お待たせしました。ヒオウギガイのチャウダーです」

「ヒオウギガイですか。初めて聞きました」

「貝殻も素敵なので、ぜひこちらの養殖物のヒオウギガイの貝殻をご覧ください。驚くかもしれませんが色はつけていません」

麻野がしゃがみ、貝殻を取り出した。

「わあ、綺麗。本当に着色していないのですか？」

ヒオウギガイの貝殻は小ぶりのホタテにそっくりだ。だけど色がオレンジや黄、紫などまるで絵の具を塗ったようだった。

「そうなんです。自然の不思議ですよね」

鮮やかなのにどこか品が感じられるのは自然の産物だからだろうか。

改めてスープに視線を戻す。本日のスープは、旬のヒオウギガイを使ったチャウダーだという。スープボウルからミルクの爽やかさと、貝類の旨みを期待させる甘みを帯びた香りが感じられた。

「クラムチャウダーではなく、チャウダーなのですね」

「クラムはアサリやハマグリ、ホンビノスガイなど小型の二枚貝の総称で、イタヤガイ科のヒオウギガイやホタテはなぜか入らないみたいですね。ただ、分類の仕方は僕もよくわかっていないのですが」

麻野が首を傾げるのを見てから、木製のスプーンを手に取る。柔らかな味のミルク系のスープには、木製や貝殻など柔らかな素材のスプーンを用意することが多い。唇や舌に当たる感触でも味が変わることへの麻野らしい細やかな配慮だ。

「いただきます」

スプーンの先を沈めてヒオウギガイをすくい、スープと一緒に口に運んだ。

ヒオウギガイの貝柱は噛むとエキスがじゅわっと広がり、舌の上で繊維がほぐれる。ホタテに似ているが小ぶりで、味が濃いように思えた。スープはヒオウギガイの出汁が溶け込み、新鮮なミルクの風味と溶け合い余韻となって舌に続いた。

ヒオウギガイの貝ひもはしゃきしゃきとした歯触りが心地よい。人参や玉ねぎ、じゃがいもなどの食材も細かく刻まれ、スープと一体感がある。温度は穏やかに抑えられ、魚介とクリームの風味を損なわずに味わえた。

「今日も美味しいです」

鮮度もいいのだろうけれど、ヒオウギガイの味を最大限に活かした味付けのおかげなのだろう。ふわふわの柔らかな丸パンはほのかにバターの香りがして、スープの優しい味をしっかり受け止めてくれる。

店内奥のブラックボードに目を遣る。ヒオウギガイはヘモグロビンに関与するビタミンB_{12}を多く含み、グリシンは睡眠の質を高める効果が期待できるという。最近忙しくて帰宅時間が遅いため、睡眠の質は大事にしたかった。

スープを味わっていると、奥のドアから露が姿を現した。店内には理恵の他に、見慣れない顔の年配の男女が座っている。

以前の露は店内に知らない顔があると、そっと奥に引っ込むことも多かった。その場合は麻野がタイミングを見計らって、建物の上階にある麻野の自宅へと朝のスープを運ぶのだ。だけど最近の露は初見の客がいても店内で食事をすることが増えてきた。

「おはようございます」

「おはよう、露ちゃん」

露は首を傾げてから、一人でカウンター席に座った。

理恵は普段、カウンターに座ることが多い。その位置が一番麻野の仕事ぶりを眺められるからだ。だけど今日はテーブル席に座っている。するとドアベルが鳴り、稲田が店内に入ってきた。

稲田は肩に保冷バッグを提げていて、理恵に気づいて小さく手を挙げた。

「奥谷さん、おはようございます」

「おはようございます」

理恵がテーブル席に座っていたのは、稲田と待ち合わせをしていたからだ。パンとドリンクを準備した稲田に、麻野がスープを運んでくる。ヒオウギガイのチャウダーは稲田にも好評だったようで、笑顔で食べ進めていた。

食事が落ち着いた頃、稲田が居住まいを正した。

「本日は時間を作ってくださってありがとうございます。奥谷さんと麻野さん、それと娘さんには本当にお世話になりました」

麻野が推理を披露したのは一週間前の出来事だ。今日はその後の報告のため、稲田と待ち合わせしたのだ。

「麻野さんのご指摘通り、酒川くんがやったことでした」

稲田は麻野の推理を聞いた翌日、来店した酒川に話を聞いたらしい。最初はとぼけていたようだが、早朝のトラックの写真と動機を指摘すると素直に認めたらしい。トラックの運転手はやはり酒川だったのだ。

酒川は普段より早く会社を出て、遠回りして梅ヶ辻の自宅近くにトラックを停めた。梅ヶ辻の自宅近くには広い林がある。その付近に夜中こっそり停めたことで、トラックの存在が周辺住民に気づかれなかったようだ。

そして日の出前にニワトリを捕獲し、事前に用意した鳥かごに移した。そして荷台のスペースに乗せて運び去ったのだ。

「酒川くんの配送先は、ご親戚の自宅近くを通る経路だったようです。そのため途中下車し、ニワトリを飼育するご親戚に預けたそうです」

「それにしても意外な動機でしたね」

理恵の言葉に稲田がうなずく。酒川は梅ヶ辻に恨みがなく、ニワトリの騒音に苦しめられてもいない。だが原因はまさしくニワトリの鳴き声にあったのだ。

酒川は以前から、ＳＮＳで知り合った女性とオンラインで会話をしていた。酒川にとって大事な相手であることは、綱島への相談内容からもわかる。そして酒川は女性に対して、つい見栄を張ってしまうと悩みを打ち明けていた。

お相手は完全に夜型の生活をしていた。そのため夜勤続きの酒川とも生活サイクルが合い、交流が続く理由にもなった。そして女性との会話をきっかけに、酒川は留学を目指すなど前向きになっていた。

そして酒川が女性に対してついた嘘が、ニワトリ盗難の原因となった。

「酒川くんは相手に、自分が留学中だと嘘をついていたようです」

酒川は夢を断念したことがコンプレックスだった。理想の自分とのギャップに苦しんでいたのだろう。そのため夢を実現した相手に引け目を感じていた。そこでつい自分が留学中だと嘘をついてしまったのだ。

たとえばフランスなら日本との時差はマイナス八時間だ。日本が午前三時の場合、フランスだと午後七時になる。背景を壁にすれば居場所はわからないから、嘘をつくことは可能だろう。

だけどある日突然、家の向かいでニワトリが鳴きはじめる。オンドリが最も大きく鳴くのは日の出だ。近距離で鳴けば相手が疑問を抱くかもしれない。悩んだ酒川はニワトリを別の場所に移動させることにしたのだ。

「ただ酒川くんのなかでは、ニワトリを救うという理由もあったそうです。親戚のニワトリが襲われて全滅したことがあって、近所で見かけた動物がアナグマだと知って不安を感じていたようです」

　酒川は一度、梅ヶ辻に鶏小屋の危険性を助言して無視されている。そのことも思い切った行動に出るための動機になったのだろう。

　自分の嘘を取り繕うことと、ニワトリを救うこと。二つの動機が重なり、移送する手段と預ける場所もあった。

　命を救うという大義名分があれば、違法行為への心理的ハードルは低くなるはずだ。様々な用件が重なった結果、酒川は実行を決断した。

「でも、麻野さんはどこで気づいたんですか？」

　理恵が質問すると、麻野が玉ねぎの皮を剝きながら答えた。

「あらゆる情報を検討した結果ですが、一番は駅前のビジネスホテルで目撃された件でしょうか。それでニワトリの声を避けるためという可能性を思いついたのです」

　駅前のビジネスホテルはネットを使えるから、ニワトリの鳴き声を気にせずオンライン通話できる。だが金銭的に何度も利用するのは難しいだろう。

「その後は大丈夫でしたか。酒川さんの謝罪に付き添ったのですよね」

　真相を突き止めた後、酒川は梅ヶ辻に事情を説明することを選んだ。稲田は酒川の味方をする目的で同行したという。

　騒音や鶏小屋の安全性など梅ヶ辻にも問題はある。だけど酒川の行動は犯罪なのだ。梅ヶ辻の気質を考えると、激怒する姿が容易に想像できた。

　すると突然、稲田が頬を緩めた。

「確かに最初は不安でしたが、予想外のことが起きたのです」

　稲田は酒川と一緒に梅ヶ辻の自宅を訪れた。客間で真相を伝え、酒川が頭を下げる。すると逆に梅ヶ辻が謝罪の言葉を口にしたというのだ。

　梅ヶ辻は網島が部活の件で逆恨みしたと疑っていた。そのため孫に網島の人となりを訊ねたそうなのだ。孫は祖母に質問の理由を聞き返した。そして梅ヶ辻が説明した結果、孫が烈火のごとく怒り出したというのだ。

「梅ヶ辻さんのお孫さんは、部活の先輩である網島さんを慕っていたようです。加えて原因であるニワトリに関しても厳しく非難したみたいですね。早朝の騒音がいかに近所迷惑か、お孫さんから叱られたと話していました」

　梅ヶ辻は親族間のトラブルの反動か、孫をとても可愛がっていた。その孫に叱責されたことが相当堪えた様子だったという。怒られた際に思い出したのか、鶏小屋の害獣対策についても反省していたそうだ。

「住民の声には耳を傾けなかったのに、お孫さんなら届くみたいです」

梅ヶ辻は盗難を不問にした。その上でニワトリは酒川の親類に譲ることで決着がついたらしい。今はペットショップ勤務の岡上に相談し、飼育の勉強をしながら新しい家族を迎える準備を進めているという。

酒川はオンライン通話のお相手に嘘をついたことを打ち明けた上で、留学を目指すことも伝えるつもりらしい。

相手に落胆されて縁を切られる可能性もあるだろう。だけど一歩踏み出す酒川に、希望を抱けるような結果が訪れればいいと理恵は願っている。

稲田はチャレンジのため朝活フェスへの参加を決め、梅ヶ辻は退屈な日常に変化を求めてニワトリを飼いはじめた。酒川は夢をあきらめた自分を厭い、想い人に嘘をついた。

みんな変わらない日々に慣れ、非日常を求めている。

日本には古くから『ハレ』の時間と『ケ』の時間がある。日常の時間がケなら、お盆や正月などの非日常がハレにあたる。

ケの時間はどれだけ充実していても、続いていくことで習慣になる。そしていつしかやる気も失われてしまう。ケは穢れに通じ、そんな倦んだ日々を祓うのが晴れ、つまりハレの日だ。

ハレによって穢れを吹き飛ばすことで、再び気持ちよくケに戻ることができる。または新しいケをはじめるきっかけにもなる。朝活フェスを誰かにとってのハレの日にしたいと、理恵は今回の件を通じて考えるようになった。

　そこで稲田が傍らに置いた保冷バッグを開けた。

「みなさんにはとてもお世話になりました。つまらないものですが、受け取っていただけたら幸いです」

　稲田は保冷バッグからお弁当箱を取り出す。いなだ屋の名物であるおにぎりが敷き詰めるように入っていた。おにぎりに理恵は目を丸くする。

「本日、お店はお休みでしたよね」

「みなさんに食べてもらいたくて、出がけに作りました」

　稲田が麻野に二人分のお弁当箱を差し出す。露が興味深そうに覗き込んだ。

「わ、美味しそう」

「ありがとうございます」

　麻野が受け取り、蓋を開けた。今はスープを食べ終えたばかりだけど、せっかくなので麻野の許可を得た上でいただくことにした。

　麻野と露がおにぎりをかぶりつき、理恵も同じようにして口に運ぶ。選んだのは具材のない塩むすびだ。

　いなだ屋のおにぎりはやはり素晴らしい。粒は立っているのに、適度にねっちりとした食感が舌に絡む。熱々のごはんとは違うけれど、冷めたことで初めてわかる米の奥にあるじんわりとした旨みが味わえた。

朝のうちに全部食べてしまいそうなので、理恵は一個だけで我慢する。

「これは美味しいですね」

麻野が目を見開き、おにぎりを見詰めている。露も笑顔でおにぎりを頬張っていた。

「本当だ。すごく美味しい」

「お口に合ったようで何よりです」

稲田がにこにことした表情を浮かべている。目の前で自分の料理を楽しんでもらえるのは料理人として幸せなのだろう。

麻野が飲み込んでから、真剣な顔つきになった。

「本当に素晴らしいです。ブーランジェリー・キヌムラさんもですが、出店するお店はどこも素晴らしいですね。僕もまだまだレシピを改善しなくちゃいけません」

いなだ屋のおにぎりが、料理人としての矜持(きょうじ)に火を点(つ)けたらしい。参加者たちが互いに刺激し合う姿は、運営側としては頼もしいばかりだ。

きっといいイベントにしてみせる。真剣な顔でおにぎりを味わう麻野を眺めながら、理恵は決意を新たにするのだった。

第三話

骨董市のひとめぼれ

1

朝活フェスの仕事に携わると決まったとき、真っ先に頭に浮かんだのはスープ屋しずくで、その次がブロガーのメイの名前だった。

メイは一年半くらい前からブログで丁寧な朝食の写真、早朝のジョギングやヨガの様子などの朝活を投稿しはじめた。そして前向きでクスッと笑える言い回しや独自の視線で日常を切り取った写真、センスあるファッションなどによって人気は一気に高まった。

公開から一年後にはブログ本の出版も決定し、版を重ねて大手書店のランキング上位に名を連ねるまでになった。

理恵はブログがはじまった三ヶ月後くらいからブックマークをしていた。麻野の影響で朝に関わる情報を検索していた際に発見したのだ。

理恵は普段、芸能人やブロガーなどへの興味が薄い。だけど不思議とメイの文章や写真には惹かれるものがあり、自然と閲覧を欠かさなくなった。古参のファンを気取るつもりはないが、好きだった存在が世間の注目を集めるのは嬉しいものだ。

朝活フェス集客の一環として、有名人によるトークショーを企画することになった。

だがテレビで活躍する芸能人は出演料が高額だし、知名度が低ければ集客力が不安だった。

人選に悩んでいた最中、理恵の提案したメイに白羽の矢が立った。書籍の販売部数やブログの閲覧数が評価されたのだ。

だがテレビ出演をしていないため人柄がわからない。実際に会わないとイベントのゲスト向きか判断ができない。

そこで最初はイルミナでインタビューの掲載をお願いすることになった。ブログ経由で連絡を取ると、メイはインタビューを引き受けてくれた。

インタビューの場所として、他の客の声が届きにくい個室のカフェを選んだ。早めに到着し、待っているとロングヘアーの女性が姿を現した。

「お待たせしました。イルミナさんですよね」

「本日はよろしくお願いします」

メイは濃い藍色のニットと白地のドット柄のロングスカートを、気取らずに着こなしている。ベージュのパンプスと、金のフープピアスが華やかな雰囲気を出していた。

ブログでも自分の姿を公開していたが、実際のメイは写真より華があるように感じられた。立ち居振る舞いが美しいおかげだろう。

インタビューではブログの内容について質問した。早朝に運動するのは一日の体調を整えるのが目的であることや、ヨガの精神的なリフレッシュ効果など、メイは活動の理念を丁寧に説明してくれた。

メイはブロガーでありながら、都内で会社員をしていた。

「わたしは元々、夜型の生活をしていました。遅刻寸前に起きて、残業をして家に帰る。その後はネットを観てダラダラするだけで、このままの生活が続いたら駄目だと思ったんです」

悩んだメイが選んだ改善方法が早起きだった。

仕事をすると、エネルギーを全部労働に吸い取られてしまう。仕事が第一ならその生活で問題ない。だけどメイは自分の全てを費やすほど情熱が持てなかった。

そこでメイは朝五時に起き、運動に勉強、丁寧な朝食など、起きてすぐの状態で自分に力を注ぐことにした。

「夜十時には眠くなるので、飲み会などの付き合いも減らしました。だけどその分、朝に出会う人との交流が増えました。それに早起きすると不思議と仕事への集中力が増して、残業が減って夜に自分に使える時間が増えたんですよ」

メイの話し振りには自信が漲って(みなぎって)いた。それはライフスタイルの変化の結果、生活が充実した証なのだろう。

「メイさんといえば、見た目も華やかでボリューミーな朝食も人気です。朝食に力を入れる理由をお聞かせ願えますか？」

「一日の活力源ですから、必要な栄養素を摂ろうと意識はしています。それに見た目を可愛らしくすれば、その分気持ちも高まりますからね」

それからメイが悪戯っ子っぽい表情になった。

「それに朝に食べると太りにくいと言いますよね。罪悪感なく食べられるので、ついたくさん用意しちゃうんです」

メイは茶目っ気たっぷりに笑う。口調は丁寧で、声も聞き取りやすい。何より人当たりの良さは聴衆に好感を抱かせるはずだ。

メイのブログで特に人気なのが朝食だった。サラダや温野菜などが多く、果物が必ず添えられる。さらに脂質が控えめなお肉がたっぷりで、炭水化物もしっかり摂っている。だけど全体的にレモンや果実酢などで酸味を効かせることで、起き抜けでもすっきり食べることができるのだ。

理恵はふと自宅の冷蔵庫を思い出した。

「メイさんが紹介されていたバルサミコ酢とゴマのドレッシングは、茹でた豚肉や生野菜など何にでも合いますよね。我が家でも重宝しています」

バルサミコ酢と砂糖、すった黒ごまを混ぜた調味料は、シンプルゆえにどんな料理とも相性が良かった。バルサミコ酢の濃厚なコクがゴマの芳ばしさと混ざり合い、さっぱりと食べられつつも満足感が得られるのだ。

さらにアンチョビペーストやオリーブオイルを加えても美味しさが膨らむため飽きが来ない。作り置きもできるので忙しい朝でも、千切った生野菜とハムにかけ、パンに挟むだけで充実した食事を楽しめた。

「わあ、すごく嬉しいです」

メイが両方の手のひらを合わせ、満面の笑みを浮かべる。

「私の作った料理の感想を、直接言ってもらえるのはサイン会以来です。ありがとうございます」

「こちらこそいつも、メイさんのレシピに助けられています」

この朗らかな笑みを、トークショーを通じてみんなに伝えたい。メイと対面し、理恵はあらためてそう思った。

「最近、興味を抱いているものはありますか？」

「ブログでも何回か書きましたが、蚤(のみ)の市や骨董(こっとう)市にはまっています」

「早朝のジョギングの最中、偶然立ち寄ったのがきっかけと書かれていましたよね」

「そうなんです。レトロなデザインの食器や調理器具が好きなんですが、アンティークの銀のスプーンがびっくりするくらい安くて、衝動買いしたのが最初でした。昭和レトロなコップやお鍋なんかも、おばあちゃんの家を訪れたときを思い出して好きなんです」

「わかります。私の祖父母の家にも、花柄のコップがありました」

　市には骨董品以外にも衣料品や古書、雑貨など様々な物が取り扱われているという。また、朝六時半から催される市もあるらしく、朝活にぴったりなのだそうだ。するとメイがふいに神妙な表情になった。

「奥谷さんは、いわくつきの調理器具って信じますか？」

「いわくつきですか？」

　そう前置きして、メイは最近購入した調理器具について教えてくれた。

　メイは一ヶ月ほど前の早朝、とある骨董市に顔を出した。会場を散策していると、ある調理器具に目を奪われたという。優しげな赤褐色に輝く鍋やボウルがセットで売られていたのだ。

「その記事、見た覚えがあります。使い込まれた風合いで、多少は傷があるものの手入れが行き届いていたと書かれていましたね」

「値段もお安くて、即決で買いました。これでお料理がまた楽しくなると、わくわくしたのを覚えています」

　店主は真っ赤なベレー帽と丸めがね、白い髭が印象的な老人だったそうだ。しゃがれ声の早口な喋り方が印象に残っていたという。

理恵も以前、麻野と一緒に本格的な庖丁を購入したことがある。優れた道具は相応の手入れも必要だが、料理の仕上がりが一段階上がるのも間違いない。

メイは購入した鍋やボウルを受け取る。それから骨董市を見て回り、気がつくと一周していたという。

メイは空いたベンチに腰かけ、ランニングバッグに入れていた水筒に口をつけた。そこで背後から覚えのある声が聞こえたという。振り向くと赤いベレー帽の店主が知り合いと談笑をしていた。メイには気づいていない様子だったそうだ。

「その店主さんは、相手と商売の話をしていました。それから話し相手が、髪の長い女の子が来ていたねって話をはじめたんです。わたしのことかと思っていたら、店主さんの声で、縁起が悪かったからまとめて売れてすっきりしたと続けたんです」

メイはその言葉に驚き、しばらく固まっていたそうだ。思い切って振り返ると、店主の姿は消えていた。返品すべきか迷ったが、調理器具自体は気に入っていた。不安を忘れると決め、メイは自宅に戻ることにした。

購入したのは片手鍋と両手鍋、そして金属製のボウルだった。実際に調理に使うと勝手がよく、店主の言葉はすぐに気にならなくなったそうだ。

だが一昨日、メイは奇妙な体験をする。

「そのボウルを使って、ガスパチョを作っている最中でした。味見をして完成したと思ったときに、急な用事で出かけることになったんです。片付けてから蓋をして、しまおうとした直後に奇妙なことが起きたんです」

冷蔵庫の扉を開け、ボウルを入れようとした瞬間だった。メイは突然、何者かに手を叩かれたような衝撃を受けたというのだ。

驚きのあまり思わずボウルから手を離し、床に落としてしまう。大きな音を立てて転がり、ガスパチョも床に散乱する。キッチンマットだけでなく、部屋着まで汚れてしまうことになった。

「実はその直前、テレビで心霊番組を観ていたんです。海外でポルターガイスト現象が起きて、フライパンとかナイフ、フォークなんかが宙を舞う再現映像が流れていました。そのせいか、店主の言葉が気になってしまって……」

メイが不安そうに目を伏せる。理恵はオカルトに縁がないし知識もない。かける言葉を探していると、メイが顔を上げて明るい声で言った。

「でもまあ、怪奇現象なんて存在しないですよね。鍋もフライパンも本当に素敵なんです。こんな意味不明な理由で使わなくなるのは、もったいないって思っています」

「怖い番組を観た直後だと、気になっちゃいますよね」

メイの前向きさは、トークショーでも魅力になると思った。判断は理恵に一任されている。ハーブティーに口をつけてから、朝活フェスについてメイに伝えた。するとメイが興味深そうに目を輝かせた。

「素敵ですね。どんな朝食が食べられるのですか？」

「有名なパン屋さんやおにぎりが人気のお弁当屋さん、スペインバルも出店する予定です。あとはスープ専門店も出る予定ですね」

「面白そう。スープの専門店さんは、朝ごはんにぴったりですね」

好感触を得ると、企画を進める側として嬉しくなってくる。

理恵は背筋を伸ばし、トークショーを予定していること、そしてメイに出演をしてほしい旨を伝えた。するとメイが目をまん丸にした。

「トークショーですか？」

メイは人前に出るイベントに出た経験は、出版後のサイン会だけのはずだ。理恵も参加したかったが仕事の都合で叶わなかった。ネットで検索した参加者の声は概ね好評だったようだ。

「わたしなんかでいいのでしょうか」

「朝活フェスに参加される方にとって、メイさんのライフスタイルは魅力的なはずです。ぜひ引き受けていただけると嬉しいです」

そう言うと、メイは目を伏せて黙り込んだ。考え込む様子に、理恵は静かに返事を待つ。それからメイが真面目な顔つきで口を開いた。

「実はわたし、普段はすごくネガティブな性格なんです」

「そうなんですか？」

　ブログでのポジティブな発言や、目の前にいる社交的な姿からは想像がつかない。

メイが自嘲するように微笑んだ。

「いわくつきの調理器具の件だって、本当はすごく気にしているんですよ。調理器具を買ったお店に真相を聞きたい気持ちもありますけど、怖い事実がわかったらって思うとできないでいます。今はメイというキャラクターを演じているだけなんです」

　メイが胸元に手を当てて深呼吸する。

「でも駄目な自分を変えたくて、ブログでは明るく振る舞っています。そしてそれを本当の自分にしたいと思っています。それがブログをはじめた動機でもあるんです」

　その直後、メイが自信に満ちた表情になった。

「トークショーは正直、不安でいっぱいです。でもわたしにとっていいチャンスだとも思っています。ぜひ引き受けさせてください」

　本当の自分とは何なのだろう。自分を情けなく思っていて、目指したい姿が存在する。素の性格を隠して、なりたい自分として振る舞うのは大変なはずだ。だけど意識と実践を続けることで、中身も理想に近づけることもきっと可能なはずだ。

「よろしくお願いします」

手を差し出すと、メイが握り返してくれた。ほんのり手汗をかいていて、本当に緊張していることが伝わってくる。だけど握る力の強さから決意も感じられた。メイを選んだことは正解だったと、理恵は不思議と確信できた。

2

スープ屋しずくに赴くときは、出社に間に合う時間より早起きになる。だけど今日、その時刻より一時間も起床を前倒しにした。

土曜の朝、理恵は洗面所であくびをする。さすがに外はまだ暗い。身支度を調えて家を出る頃に、ようやく空が白(しら)みはじめていた。

メイの話を聞き、骨董市に興味を抱いた。朝活フェスの企画に組み込むのも面白いかもしれない。そこで下調べも兼ねるためネット検索すると、自宅マンションから徒歩十五分の公園で開催されることを知ったのだ。

マンションを出ると、犬を連れた女性がジョギングをしていた。東の空が明るくなり、冷たい空気を普段より清らかに感じる。

公園に到着した時点で太陽が昇りはじめた。敷地内に足を踏み入れた理恵は目の前の光景に目を見張る。休日は子ども連れで賑(にぎ)わう公園が、骨董品で埋め尽くされていたのだ。

バザーにも似ていて、出店者に割り当てられたと思しきスペースに多種多様な商品が敷き詰められている。並ぶ品は古びた陶器や家財道具、衣類や古書などだ。アンティークかわからないが、玩具が多数置かれた店もあった。

来場者は老若男女様々だ。真剣に品定めをして店主と値段交渉する人もいれば、散歩がてら眺めるだけらしき人もいる。理恵も気ままに散策することに決めた。

古びた招き猫がいくつも並び、気品のあるお猪口（ちょこ）がカゴに山盛りになっている。欧州貴族が使うかのようなガラス食器があったかと思えば、幼少期に人気だった女児向けアニメのグッズも扱われていた。懐かしさに買おうかと悩むが、置き場所に困るので何とか誘惑を振り払う。

公園で一番大きなケヤキの木の根元に調理器具が並んでいた。古そうだけれど手入れの行き届いた鍋やフライパンに興味を抱き、近づくと店主がしゃがれた早口で「いらっしゃい」と出迎えてくれた。

店主の声と姿に思わず声が出そうになる。真っ赤なベレー帽と丸めがね、白い髭の老人だったのだ。メイがいわくつきの調理器具を購入した店主と特徴が一致している。

「あの、すみません」

「ん、なんだい？」

愛想のない返事に怯みそうになるが、メイの調理器具について質問することにした。メイは調理器具に恐怖心を抱いていた。事情を調べた上で、何もなければ本人も安心するはずだ。本当に裏話があった場合は、そのときに考えることにした。

店主は最初胡散臭そうな視線を向けてきたが、事情を伝えると表情が変わった。購入者が不安を抱いていることも伝えると、店主は慌てた様子で頭を垂れた。

「それは申し訳ないことをした。まさか聞かれていたとは思っていなかったが、会場でするべき会話じゃなかった。完全に配慮が欠けていたよ。言い訳にしか聞こえないかもしれないけれど、大した理由じゃないんだ」

店主が恐縮しながら調理器具一式の由来を教えてくれた。

調理器具は当初の持ち主は、古い一軒家で暮らす老人だった。独居で亡くなったことで遺族から家財の処分を頼まれ、店主をはじめ複数の業者が安値で買い取ることになった。

店主は引き取った品々を手入れして売りに出した。品物に問題はなく、どれも順調に売れていった。茶褐色の調理器具のセットもすぐに売れると思っていた。実際に手に取る客は多かったが、不思議と買われることがなかった。

「ただ実は二、三度売れたこともあるんだ。でも翌週に離婚して不要になったと言われたり、ＩＨヒーターで使えないからと返品になって手元に舞い戻ってきてねえ」

メイが購入した日も、孫を連れた老婦人が買ったのだという。だが三十分後に家族に返してくるよう言われたらしく、何度も頭を下げられつつ受け取ったそうなのだ。そして軽く手入れをしようとした直後にメイが訪れた。

「傷も全然なく品物はいいのに、さすがに縁起が悪く思えてね。同業者との話の種に軽口を叩いたんだが、買った当人にとっては気分が悪いのは当然だよなあ」

店主から名刺を渡され、返品を望むなら対応すると言われた。理恵は買い主に事情を説明することを約束し、せっかくなので愛らしい犬の箸置きを購入した。

メイに理由を伝えれば、不安は晴れるだろうか。

太陽が昇り、気温が上がってきた。眠気は消え、身体は完全に起きている。それなのにまだ朝の七時台なのが不思議な気分だ。早起きもいいなと思いながら、帰路の景色をのんびりと楽しんだ。


丸みを帯びた瑠璃(るり)色のスープボウルから、ふくよかなチキンブイヨンの香りが立ち上る。

「お待たせしました。紫小松菜と鶏団子のスープです」

「わあ」

丸々とした鶏団子も入っているが、主役はたっぷりの小松菜みたいだ。葉は普通の緑色と異なり、紫を含んだ濃い色だった。

「いただきます」

木匙を使ってスープをすくい、刻んだ小松菜と一緒に口に運ぶ。スープは熱々だが木匙の質感のおかげで穏やかに感じられた。

スープは透明なチキンブイヨンで、朝に似合うすっきりした味わいだが奥行きのあるコクを感じた。シャキシャキの小松菜は生に近く、特有のえぐみが柔らかい。

「わあ、美味しい。変わった色の小松菜ですね」

「生でも食べられる品種なので、なるべく火を通さず調理しました。それに赤系の色素は水に溶けやすいため、しっかり茹でると普通の緑色になってしまうんです」

固めの鶏団子はしっかりとした歯応えがあり、脂気の少ない鶏胸肉の旨みが楽しめる。浮かんだゴマや千切りのネギはアジア料理の雰囲気だが、白ワインやオリーブオイルの香りが全体を洋風にまとめている。そしてシンプルだからこそブイヨンの滋味深さと、素材の魅力が真っ直ぐ感じられた。

ブラックボードに目を遣る。紫小松菜はカルシウムがほうれん草より豊富で、骨粗鬆症（こつそしょうしょう）の予防や神経の安定に寄与するとされていた。またミネラル類もバランス良く摂取できる優れた食材なのだという。

「お父さん、今日も美味しいね」

「それは良かった」

　隣の席では、露が同じようにスープを味わっていた。露は本当に美味しそうに父親の料理を楽しむ。

「理恵さん、朝活フェスの準備は進んでいますか？」

　露がバゲットを味わってから訊ねてくる。スープ屋しずくも参加することから、露もイベントを楽しみにしてくれているようだ。

「今のところ順調だよ。当日来てくれるゲストも決まったんだ。メイさんっていうブロガーの人で、この前出した本も話題なんだよ」

「あ、聞いたことあります。すごく綺麗な人ですよね」

「知っているの？」

　メイのブログは人気で本も売れているが、メインのファン層は二十代から四十代の女性だ。テレビ出演の経験もないから、小学六年生の露は知らないと思っていた。

「クラスメイトの夢乃ちゃんがメイさんのファンで、ブログの内容をよく話すんです。お料理とか参考にするらしいです。他にもお母さんのメイク道具をこっそり借りて、メイさんのテクニックの真似したりしているみたい。何度かばれて怒られちゃったらしいけど」

　小学六年生なら背伸びして、大人の真似をしたい年頃だろう。理恵も母親の口紅を勝手に使って叱られた覚えがある。

「夢乃ちゃんは元気にしているかな」

「元気ですよ。メイさんの影響で早起きにハマっているようです」

「それは良かった」

夢乃は理恵の仕事相手である家具のカシワの店主の娘だ。事情により一旦店を閉めていたが、最近再開する目処が立ったと聞いている。

「そういえばメイさんも怪奇現象で悩んでいたな」

「また金縛りですか？」

夢乃は以前、金縛りに苦しめられたことがあった。さらに母親が幽霊に取り憑かれるという騒動も起きたが、麻野のおかげで無事に解決に至ることになった。

「それが違う現象なんだ。骨董市でお鍋を買った後、ポルターガイストが起きたらしいの。いわくつきだという話だったけど、私が後日確認したら違ったんだよね」

理恵はメイに店主から聞いたことをメールで伝えた。返信の文面ではメイは安心した様子で、返品する意志はないと書いてあった。

「骨董市に行かれたのですか？」

麻野はパプリカをスライスする作業を中断して顔を上げた。怪奇現象よりも骨董市に興味を惹かれたようだ。

「初体験でしたが、面白い品ばかりで目移りしちゃいますね」

「僕も予定が合えばたまに足を運びます。目を疑うような掘り出し物に出会えた瞬間は本当に感動します。そうだ、ちょっと待っていてくださいね」

麻野が手を洗い、カウンターの奥にある戸に消えていった。普段露が出入りする場所だが、その先の廊下を通ると物置に繋がるという。実は麻野は整理整頓が苦手らしく、物置は惨憺（さんたん）たる状況なのだそうだ。

麻野はスープ皿を手に戻ってくる。真珠を思わせる繊細な白地に、艶やかなクローバーの絵が施された陶器だった。

「わあ、綺麗ですね」

「イギリス製のアンティークのスープ皿です。五十年以上前の逸品ですが、手入れが行き届いているおかげか艶やかな色気が漂っていますよね。お店で出すスープのイメージが湧き、思わず五個セットで買ってしまいました」

メイも調理器具に一目惚（ひとめぼ）れしたように、骨董市には特別な出会いがあるのだろう。

麻野が皿を慈しむように眺めていると、露が冷ややかな声を投げかけた。

「お父さん、そんなお皿を持っていたんだ。お店で出すからには慎哉くんも知っているよね。あとでちゃんと報告しておくから」

「えっ、いや。それは待ってもらえるかな」

麻野の顔に焦りが浮かぶ。慎哉はスープ屋しずくのホール店員だが、経理全般も担当していた。麻野には気に入った調理器具や食器類をすぐ買ってしまう癖があり、そのたびに慎哉に叱られているという。

麻野親子の遣り取りを横目に見つつ、理恵はスマホを操作する。メイの話題になって思い出したが、ここ数日ブログの更新が途絶えていた。ほぼ毎日投稿していたので疑問に思っていたのだ。

「えっ」

ブログを確認し、思わず声を上げる。

「どうしました？」

麻野と露から同時に声をかけられる。ブログには数日ぶりの記事が新規投稿されていた。メイは体調を崩し、寝込んでいたというのだ。

3

カフェに現れたメイは、先日よりメイクが濃い気がした。病み上がりのやつれを隠すためだろうか。完成した見本誌を手渡すとメイは喜んでくれた。

具合を訊ねると、メイはカモミールティーを飲んでから微笑んだ。

「ご心配をおかけしましたが、すっかり元気になりました。お医者さんは軽い食あたりだろうと話していました」

　メイは数日前、強い吐き気に悩まされた。病院で診察を受け、胃腸薬を処方された。薬を飲みながら数日休んだことで症状は改善されたそうだ。

「心当たりはあったのでしょうか」

「ラタトゥイユを作って、冷蔵庫でしばらく置いてから食べました。お医者さんは保存状態が悪かったか、素材が古かったのだろうと言っていました。でも……」

　メイが眉根に皺を寄せた。

「粗熱を取った後はすぐに冷蔵庫に入れましたし、食材も品定めしました。なので食あたりという診断が腑に落ちなくて……」

「料理の投稿が消えたのは、今回の件と関係があるのでしょうか」

「お気づきでしたか」

　メイは二日に一度は自作の料理を紹介していた。だが寝込んだ後は一度も投稿していない。するとメイが気弱そうな表情で目を伏せた。

「診断に納得できなくても、わたしが食事の後に体調を崩したのは事実です。原因がわからない状況で、不用意に料理に関する投稿をすることに抵抗があったのです。それは食べ物を紹介する身としての最低限の責任だと思うのです」

メイの考えを誠実だと思った。コメント欄には料理記事を要望する声が寄せられていた。理恵も早く再開してほしいと願っている。するとメイが小さくため息をついた。

「実はラタトゥイユを作るのに、例の調理器具を使ったんです」

「そうだったのですか?」

理恵の驚きの声に、メイが焦ったように手を振った。

「すみません。鍋は関係ないですよね。奥谷さんのおかげで、縁起が悪いというのが誤解だったのは承知しています。余計な心配をさせてしまって申し訳ありません」

メイは理恵からの報告を受け、一度は安心したと言っていた。だが心に不安は根づいていたらしい。謎のポルターガイスト現象に引き続き、体調不良でも調理器具が関わっているのだ。偶然だとしても気分はよくないだろう。

「わたしも早くブログを元のスタイルに戻したいと思っています。わたしにとって、何より大切な存在ですから」

メイは小学校から中学校時代、身体が弱くて学校を休みがちだったという。何とか卒業したものの体調は回復せず、高校は通信制で卒業資格を得たそうだ。

成人する頃には身体の弱さも落ち着き、就職も果たした。だが激務が続いたせいで生活サイクルも崩れ、夜更かしする毎日を送るようになったそうだ。

「そんな自分を変えたいとずっと考えていました。だからネット上で理想の自分を演出して、ブログに投稿するようになりました」

最初は本当の自分とのギャップに苦しみ、理想のライフスタイルに疲れることもあったという。だが徐々にファンが増えるにつれて、メイというキャラクターと自分自身にあった差も埋まっていくようになった。

「今では自然と今のライフスタイルを楽しめるようになりました。それも全てブログを応援し、本を買ってくれたみんなのおかげだと思っています」

なりたい自分を応援してくれる人たちがいたからこそ、メイは自分を高めることができた。だからこそブログを閲覧してくれる人たちに対し、真摯でありたいと考えているのだ。

理恵は、メイの力になりたいと心から思った。

「もしよければ、ラタトゥイユのレシピを教えてもらえますか？」

体調を崩した原因の可能性があるからか、ブログには公開されていなかった。

「どうしてですか」

「可能であれば材料も同じ場所で買った上で作ってみます。それで問題なければ、ネットに公開しても大丈夫なはずですから」

「でも、そこまでしていただくのは……」

「私もファンとして、メイさんの料理を楽しみにしていますから」

理恵が告げると、メイが目を見開いた。メイがハーブティーのカップを両手で包むように持った。それからほのかに瞳を潤ませながら頷いた。

「ありがとうございます。そうしてもらえるとわたしも安心できます」

メイから口頭で、購入したスーパーの名前とレシピを教わる。聞く限りでは材料も工程も簡単で、食あたりの原因とは思えない。だが実際に作り、食べて安全を確認することが大事なはずだ。

スーパーは全国チェーンで、会社帰りに途中下車すれば駅前にあったはずだ。今晩はラタトゥイユだと考えながら、メイと一緒にカフェを後にした。


会社帰り、メイの利用していたスーパーと同じチェーンで材料を揃える。調味料までは合わせなかったが、オリーブオイルは終わりかかっていたので同じメーカーのものを購入した。

自宅マンションのキッチンに立ち、エプロンの紐を腰の後ろで縛る。

下拵えとして野菜を全て角切りにする。ホウロウ製の鍋でオリーブオイルを熱し、粗みじんにしたニンニクを加える。香りが出てきたら玉ねぎを入れ、透明になるまで炒めた。

赤パプリカとナス、ズッキーニを加えて火を通す。それからホールトマト、バジルとオレガノ、調味料を入れて野菜から水分が出るまで炒める。そして種なしブラックオリーブを加えて軽く煮込む。

煮詰めすぎないよう気をつけてから、たっぷりのレモン汁を加える。

「相変わらずメイさんは、酸味が好きだなあ」

朝に酸味の効いた料理で目を覚まし、クエン酸で体調を整える。それがメイ流のレシピなのだ。そのため普段からレモンやゆず、すだち、シークヮーサーなどの柑橘類の出番が多かった。

メイは粗熱を冷ましてから食べたが、まずは出来たてを食べることにした。

「うん、美味しい」

肉や魚介は入っていないのに、野菜の旨みで充分な満足感があった。ナスは素材の旨みを吸い取り、ズッキーニも甘みがしっかり感じられる。パプリカのほのかな苦味もバランスが良かった。トマトとレモンの酸味が効いていて、ニンニクも控えめなので朝でもさっぱり食べられそうだ。ハーブの香りも食欲を増進させてくれる。

「ちょっと飲んじゃおうかな」

冷蔵庫から白ワインを取り出し、グラスに注いで口をつける。想像通り、相性は抜群だった。

「どこにも食あたりになる要素なんてないけどなあ」

粗熱を取った後、プラスチック容器にラタトゥイユを移し替えた。そして冷蔵庫に入れて一晩待つことにする。

翌朝、ラタトゥイユを温め直して朝食にした。メイと同じスーパーで購入したライ麦パンが主食だ。

一晩経ったラタトゥイユは味が馴染み、一体感が増していた。噛みしめる程に野菜の旨みが感じられ、ライ麦パンの素朴で複雑な味とマッチしている。

通常通り出勤するが、予想通り体調不良は起こらなかった。メイが体調を崩した要因はわからないままだが、問題なかったことを報告することに決める。これで安心してくれるかわからないけれど、理恵は送信ボタンをクリックした。

雪を連想させる白色の平皿に、ポタージュのピンク色が映えている。顔を近づけると、湯気と一緒にじゃがいもの甘い香りが感じられた。

説明なしに出されたら、ビーツなどの赤い野菜が材料だと考えるだろう。だけど今回のスープはシンプルなじゃがいものポタージュだというのだ。

「こんな色のじゃがいもがあるんですね」

浮き実にはポテトチップにしたピンク色のじゃがいもが使われている。期待に胸を膨らませていると、麻野は笑顔で説明をしてくれた。

「ノーザンルビーという品種で、ピンクポテトとも呼ばれています。二十一世紀に入ってから北海道で誕生したようですね。色の由来はブルーベリーにも含まれるポリフェノールのアントシアニンです」

店内奥のブラックボードに目を向けると、アントシアニンの栄養成分について解説してあった。抗酸化作用や肝機能改善効果などが期待されるメジャーな栄養素だ。

成分を知ることで、料理への期待がより高まる。理恵は金属製のスプーンを使って、ピンクポテトのポタージュをすくった。

「いただきます」

さらっとなめらかなポタージュは、舌の上でざらつきなく喉へと滑り落ちた。見た目は奇抜だが、じゃがいもとクリーム、ブイヨン、バターによるシンプルで王道の味わいだ。だけどその分、作り手の腕前が存分に感じられる。

じゃがいもの甘みとブイヨンの旨み、乳製品のコクが溶け合い、境目がなくなっている。適度なねっとり感を活かしたことで、舌の上に心地良い余韻を残してくれる。塩味もちょうどいい。浮き実のポテトチップは油で揚げず焼いたものらしく、ざくざくの食感がポタージュにアクセントを加えてくれる。

「今日も幸せ……」

カウンターの隣では露がポタージュを味わっている。露がリクエストしたのか、小皿にポテトチップが盛られていた。少しだけ焼き目が濃いのも混ざっているので、客に出せない分も含まれているのかもしれない。

露がポテトチップをかじると、サクッと軽い音が鳴った。それから手を止め、理恵に話しかけてきた。

「夢乃ちゃんが心配していたのですが、メイさんの体調は良くなったのですか？」

メイはブログを再開させているが、以前より料理に関する記述は減っていた。食あたりの明確な原因がわからない以上、不安を拭えないのだろう。

「軽い食あたりだったみたいだよ」

するとじゃがいもの皮剝きをしていた麻野が心配そうな表情を浮かべた。

「それは大変だったのですね。原因は判明しているのでしょうか」

「実は心当たりがないようです。メイさんはお医者さんで薬をもらって、しばらく寝ていたら治ったと話していましたが。それで私も同じ料理を再現してみたんです」

理恵は同じ材料とレシピでラタトゥイユを作ったことを伝えた。問題がなかったことを説明すると、麻野が下拵えする手を止めた。

「材料にじゃがいもは使われていましたか？」

「いえ、使われていませんでした」

「そうでしたか。食あたりと聞いて可能性を疑ったのですが」

理恵が首を横に振ると、麻野はじゃがいもの毒素について説明してくれた。

じゃがいもの発芽部分は、ソラニンとチャコニンという有毒物質を多く含んでいるという。調理実習で習った記憶があり、調理の際には注意をしている。

「日に当たって緑になった皮にも毒が含まれているため、じゃがいもは毎年のように食中毒が報告されています。身近な素材でも案外、食中毒の原因は少なくありません」

そう言いながら麻野は、じゃがいもの芽を包丁のあごでえぐり取った。

「メイさんも料理をブログでアップしているため、食あたりの件はナイーヴになっている様子でした。その影響か、先日の調理器具に関しても不安が再発しているみたいです」

すると麻野が再びじゃがいもの皮を剝く手を止めた。

「理恵さんが縁起が悪いという噂を否定した品ですよね。もしかしてラタトゥイユの調理に使ったのですか？」

頷くと、麻野は念のため調理器具を見たいと言い出した。理恵はスマホを取り出し、ブックマークからメイのブログを表示させる。ブログ内の検索機能で骨董というワードで検索すると、目当ての記事にすぐたどり着いた。

「この写真ですね」

赤褐色の鍋やボウルをテーブルに並べ、幸せそうに笑うメイの画像が表示されている。麻野にスマホを掲げると、麻野は険しい表情で口を開いた。

「ポルターガイスト現象と体調不良、両方の理由がわかったかもしれません」

「聞かせてもらえますか？」

理恵は麻野から推理を教わった。

「なるほど……」

真実か判断するためには、メイに確認をしてもらう必要がありそうだ。朝食を食べ終え、麻野に感謝を告げて店を出る。

時刻は朝の八時半で、会社に向かうらしきスーツ姿の通行人は眠そうにしている。メイはすでに起きている気もするけれど、会社に着いてからメールを送ることにした。空はよく晴れていて、ジョギング日和だなと思いながら会社に向かった。

4

スープ屋しずくへと続く路地は薄暗かった。季節が進み、日の出の時間が遅くなっている。店先を照らす灯りの下に人影を見つけ、理恵は歩みを早めた。

「メイさん、おはようございます。お待たせしました」

「いえ、私も今来たところです」

メイとスープ屋しずくの前で待ち合わせしていた。理恵は五分前に到着したのだが、メイはさらに早く着いていたようだ。

ドアを開けると、軽やかなベルの音が出迎えてくれる。

「おはようございます。いらっしゃいませ」

麻野が柔らかな笑みを浮かべ、理恵たちをテーブル席へと促した。店内はブイヨンの芳(かぐわ)しい香りで満ちている。席に座る前に、メイは麻野に頭を下げた。

「今回の件を教えてくれたのは、スープ屋しずくさんの店主さんだと聞きました。本当にありがとうございました」

「いえ、運良く気づけただけですから」

先日、メイに麻野の推理を伝えた。メールを読んだメイはすぐに確認し、麻野の考えが正しいことが判明した。

メイから感謝を告げられたが、見抜いたのはスープ屋しずくの店主だと説明した。するとメイはスープ屋しずくを知っていた。訪れたことはないようだが、朝食について検索した際に偶然、しずくの朝営業について書かれたブログを発見したそうなのだ。前から行ってみたいとも思っていたらしい。

メイは直接感謝を伝えることを望んだ。そして理恵から早朝の時間を提案し、本日待ち合わせをすることになったのだ。

テーブル席に腰かけると、麻野から声をかけられる。

「本日の日替わりスープはチェコのキノコスープです。現地ではブランボラチュカという名前で、乾燥キノコが味の決め手になっています」

「チェコ料理ですか。食べた経験がないですね」

「わたしもです。楽しみですね」

理恵たちがうなずくと、麻野はスープボウルを用意した。藍色の柄があしらわれた陶器製で、ぽってりしたフォルムが愛らしい。そして大きな鍋からスープをたっぷり注ぐ。

パンとドリンクを用意すると、麻野がトレイに載せてホールにやってきた。

「お待たせしました。ブランボラチュカです」

スープボウルに半透明の茶色のスープが盛られている。さいの目切りの人参やじゃがいも、玉ねぎなどの根野菜と、乾燥から戻したキノコが具材のようだ。スープに顔を寄せると、キノコの豊潤さと爽やかな香りが感じられた。

「ハーブとキノコの香りが美味しそうですね。このハーブはマジョラムでしょうか」

「正解です」

麻野が笑顔でうなずき、それだけで理恵の気持ちは弾む。ハーブの香りがキノコやブイヨンと混ざり合い、西洋料理特有の華やかさを生んでいる。

「それではいただきます」

薄手の木製のスプーンを手に取り、ふうふうと息を吹きかけてからスープをすくう。具と一緒に口に入れると、マジョラムのスパイシーで甘い香りが鼻を抜けた。ぎゅっと凝縮されたキノコのエキスがスープに解き放たれ、複雑で重層的な旨みに仕上がっている。

「美味しいです。このキノコは何でしょうか」

「乾燥したマッシュルームがメインですが、隠し味でポルチーニを入れています。ほんの少しでも贅沢な香りが楽しめますよね」

マッシュルームも旨みが濃いキノコだが、ポルチーニのナッツを思わせる風味がスープに力強さを与えていた。キノコを嚙みしめるとスープにエキスが出ているはずなのに、じわっと旨みが染みだしてくる。

「すごく美味しいです。それにマジョラムの香りも印象的ですね」

マジョラムの香りが鮮やかで、主役と言ってもいいくらいだ。甘くスパイシーなハーブの香りが土を思わせるキノコの風味と自然に混じり合う。

ブラックボードに目を遣ると、マジョラムに関する解説が書いてあった。

マジョラムはシソ科のハーブで、リラックス効果や冷えの緩和に効能があるとされているという。またカルバクロールという成分は抗酸化作用が期待され、老化防止に役立つとされているらしかった。

　半分程食べたところで、理恵はメイに訊ねた。

「例の調理器具はどうされたのですか？」

　メイは困り顔で答えた。

「注意を払いながら使っています。道具に罪はないですから」

「そうでしたか」

　お気に入りと話していたので、処分するのか心配だったのだ。赤茶色の艶やかな鍋やボウルは美しく、大事に使われるのであればそれに越したことはない。

「実は理恵さんの話を聞いて、あの調理器具に共感を抱いたのです」

「そうなんですか？」

「店主さんに引き取られてから、ほとんど見向きもされずにいたんですよね。わたしも一時期病気で誰とも触れ合わない日々を過ごしていました。だからわたしがあの調理器具を使ってあげたいなって思ってしまいました」

　優しい眼差しは道具にも向けられる。その温かな気質がメイの魅力だと思えた。

　メイが体験した様々な問題は、骨董市で購入した調理器具が原因だった。

　調理器具は全て銅製だった。銅鍋は量販店でも売られているし、熱伝導率が高いため愛好するプロの料理人も多数いる。だがメイは不運にも、銅が起こす様々な現象を立て続けに体験する羽目になったのだ。

最初のポルターガイスト現象のときは、ボウルを使ってガスパチョを作っていた。ガスパチョはメキシコの料理で、生のトマトをたっぷり使用する。銅製のボウルには刻んだ生トマトがたっぷり入っていたはずだ。

そして完成直後、メイは所用でその場を離れることになった。

メイはボウルに蓋をして冷蔵庫に入れることにした。だが実はその際にラップを切らしていたらしく、手近にあったアルミホイルで代用したそうなのだ。

加えて急いでいたことで、調理に使用した銀製のスプーンはボウルに差したままになっていた。蓋に隙間が出来るが、狭いため気にしなかったようだ。

皿洗いを済ませた後、メイはボウルを冷蔵庫に入れようとした。その直後、メイは謎の衝撃を受けてガスパチョを床に散乱させてしまう。

メイは直前に観たテレビの影響もあって、ポルターガイストを連想した。だが実際は怪奇現象ではなく、全て科学で説明が可能だった。

衝撃の正体は、フルーツ電池という実験と同じ現象だった。

レモンやグレープフルーツなどに、亜鉛や銅など異なる金属板を差し込んでから導線で繋ぐ。そうすると酸を含んだ果汁が電解液として働き、電流が発生するのだ。

メイの場合、電解液は生のトマトスープだ。そして銅のボウルと銀のスプーンが金属板の役割を果たした。さらに蓋のアルミホイルが導線として機能した。

その結果、微弱ながら電流が発生したと思われた。そして洗い物で濡れていたメイの手に電気が通り、軽いながら衝撃を感じたのだ。

メイがさみしそうに目を細める。

「フルーツ電池について、多くの人は理科の授業で習うみたいですね。でもわたしは小学校から中学校にかけて、病気で何度も入院していました。そのため記憶に残っていなかったのだと思います」

加えて体調不良の原因も銅製の鍋にあった。

メイはラタトゥイユを銅製の鍋で調理した。完成後に粗熱を取り、そのまま冷蔵庫に入れていた。理恵もカレーなどを鍋のまま保存することは珍しくない。

だがメイの使っていた銅鍋は内側のメッキが剝がれていた。通常の銅鍋は錫かニッケルのメッキが施してある。しかし内側に傷がつき、銅が剝き出しになっていたのだ。

ラタトゥイユのトマトには酸が含まれ、さらにメイのレシピではレモンで酸味を強める。ラタトゥイユは強い酸性になっていたはずだ。そしてメッキの剝がれた箇所が酸性の溶液に触れた結果、銅が溶出してしまったのだ。

骨董市の店主は鍋に傷がないと言い、メイは傷が多少あると話していた。メイが訪れる直前、老婦人が銅鍋を買い取ってすぐに返品している。鍋の傷はおそらく、そのときについたのだと思われた。

店主も短い間に傷ができたとは思っていなかったのだろう。売り手の過失と言えなくもないが、メイは店主を責めるつもりはないようだ。

銅は必須元素の一つだが、多量に摂取すると吐き気などの中毒症状を引き起こす。日本国内でも過去に何度も症例が報告されているという。

だが強い酸性の物質に長期間触れさせない限り、食中毒になる危険性はない。銅鍋は予防法さえ守れば熱伝導率が高く、世界中で愛される素晴らしいアイテムなのだ。

余談だが銅が酸化すると、緑青（ろくしょう）と呼ばれる錆（さび）が生まれる。一時期猛毒という噂が流れたが間違いで、実際の毒性は銅と変わらないという。

理恵はコッペパンをかじる。シンプルな生地は小麦の味がわかりやすく、キノコの素朴な味わいにぴったりだ。麻野の説明では、チェコでもコッペパンに似たパンが愛されているらしい。飲み込んでから、メイに話しかけた。

「ブログ、拝読しましたよ。反応も好意的でしたね」

するとメイが複雑そうな表情を浮かべた。

「わたしの勉強不足のせいで、読者さんが中毒を起こす可能性もあったんです。本当に恥ずかしく思います。ただ、もっと叩かれるかと心配していたのでホッとしてもいます」

メイは先日、自身が体調を崩した理由を投稿した。そこには銅製の鍋で中毒を起こしたことに加え、謝罪が記されていた。謝罪は銅製の鍋の使用方法に関して全く触れなかったことについてだ。

危険性を把握した上で、情報を提供することは大切だ。食品の情報を扱うことに対する、メイなりの誠実さの表れなのだろう。

コメント欄にはメイへの心配と、注意喚起に感心する言葉が並んだ。ごく一部に非難するコメントもあったが、他の圧倒的な応援の言葉に埋もれていた。

メイがうっすらと涙ぐむ。

「みんなには本当に力をもらっています。今回は自分の勉強不足を痛感しました。料理のことも朝活のことも真面目に勉強し直して、よりよい情報を発信できるよう精進します。奥谷さんも今後ともよろしくお願いします」

「こちらこそ、楽しみにしています」

メイが深く頭を下げる。前向きに学ぼうとする姿勢を理恵は眩しく感じた。朝活フェスのトークショーまで間がないが、本番ではきっと今より成長しているはずだ。

やはり情報発信者としてのメイが好きだと思った。多くの人たちにイベントを通じて、メイの魅力を伝えるのが自分の仕事なのだ。そうすることで朝活フェスに訪れた人たちに、大切な時間を提供できるはずだ。

朝活の魅力を大勢に伝えることのできる最高のイベントにしよう。メイを前にすると、自然とそう思えてくるのだった。

第四話

壊れたオブジェ

1

理恵がため息をつくと、麻野が心配そうに訊ねてきた。

「お気に召しませんでしたか？」

「いえ、そんなことありません。今日もとても美味しいです」

慌てて首を横に振る。金曜朝の日替わりスープはシンプルなけんちん汁だ。出汁は黄金色に澄み、表面に油がほんのり浮かんでいる。漆塗りの大きめの汁椀に、根菜がたっぷり入っていた。

「安心しました。和食は門外漢なので、毎回心配なんです」

お椀は大ぶりだが薄手で持ちやすい、顔を近づけると出汁とごま油の香りが感じられた。口をつけ、汁を含む。

昆布と椎茸の出汁は品が良く、溶け出した根菜の甘みと豆腐のコクがしみじみ旨い。味つけの薄口醤油が上品にまとめ、ごま油の香りが力強く主張してくる。汁は熱すぎず、風味がしっかり感じられた。

具材を箸で口に運ぶ。野菜は大根とカブ、人参、里芋だ。どれも味が濃く、土の存在を感じられる。手で裂いたこんにゃくには味が染み、お豆の味が詰まった豆腐は噛むとほろりと口のなかで崩れた。

　滋味を堪能していると、カウンターの隣に座る露が心配そうに顔を覗き込んできた。

「何か悩みでもあるんですか？」

「仕事で大変なことがあってね」

　露に笑顔を返すけれど、自然と表情に苦々しさが混じってしまう。麻野にも関わる問題なのだ。理恵は居住まいを正して麻野に向き合った。

「実は朝活フェスの会場が、使えなくなりまして……」

「大問題じゃないですか」

　麻野が目を丸くする。昨夕に知らされたばかりで、関係者への通知はまだできていない。朝活フェスは都内の公園で開催予定だった。ターミナル駅からのアクセスも良好で、数々の食べ物関連のイベントを開催してきた実績があった。

　だが先日、公園を管轄する区が大規模な施設の点検を実施した。その結果、水道関連の設備に大きな不備が発見されたのだ。

　区は大規模な改修工事を余儀なくされ、工期中は全面閉鎖が決定した。そして工事期間が朝活フェスの日程と重なっていたのだ。

　担当者は大慌てで代替地を探している。だが都心の食フェスの実績のある会場は全て他のイベントで埋まっているという。区側の提案する代替地も条件に合わないらしい。スタッフ全員で会場候補を探す予定だが、理恵には一切心当たりがない。

露が不安そうに訊ねてきた。

「日曜の買い物は中止しますか？」

「大丈夫だよ。予定通りお出かけしよう」

今度こそ笑顔で返事をする。

露には以前から興味のある革製品のメーカーがあった。地方の小規模な工房で、バッグや財布、小物入れやペンケースを丁寧に製造していた。イギリスの児童文学に出てくる少女が愛用するような可憐で本格的なデザインが魅力的だった。

ただし都内には取扱店がなく、入手方法は通販だけだった。露は以前から実物を見てみたいと考えていたようだが、最近都内の雑貨屋が特別に扱うことになったのだ。

露は雑貨屋に足を運びたいと望んだが、麻野宅から電車で数本乗り継いだ先にあった。小学生ひとりで移動するには不安な距離だ。麻野と慎哉はしばらく休日に用事があり、付き合うことが難しいという。そこで理恵が露との買い物に手を挙げたのだ。

「良かった。すごく楽しみなんです」

露が目を輝かせると、麻野が恐縮した表情で言った。

「お忙しいのに申し訳ありません」

「とんでもないです。私も露ちゃんとのお出かけは楽しみですから」

そう答え、けんちん汁を口に入れた。すると、ふわっと香るごま油が食欲を呼び起こしてくれる。

店内奥のブラックボードへと視線を向けると、今日の食材に関する説明が書いてあった。ごま油に含まれるオレイン酸は悪玉コレステロールを減らす効果が期待され、セサミンは抗酸化作用があるとされるそうだ。

「お父さん、けんちん汁って動物性食材を使っていないいんだね」

「そうだね。けんちん汁は精進料理で、鎌倉にある建長寺（けんちょうじ）のお坊さんが作った汁物が発祥とされているんだよ」

「お坊さんが食べるから、お肉を使わないいんだね」

麻野父娘の会話を聞きながら、けんちん汁に添えられたおにぎりを口に運ぶ。

ごま入りおにぎりはぷちぷちという食感が心地良く、ごはんは米粒が立っていて甘みが強い。いなだ屋さんから炊き方のコツを教わった影響か、スープ屋しずくのごはんは一層美味しくなった気がする。

朝ごはんは素晴らしいが、どうしても仕事のことを考えてしまう。

代替地は見つかったのだろうか。最初の予定地よりアクセスが悪くなれば、来場者の見込みも計算し直す必要がある。

会場における各店舗の配置も最初から考えなくてはならない。店側からすれば、より来客数が望める場所に位置取りたいと考えるのは当然だ。店主たちと交渉を重ね、ようやく最終的な配置が決定したところだった。

新会場の広さ次第では、出店数の再調整が必要になるかもしれない。立地によっては参加を取り止める店が出る可能性だって捨てきれない。

最悪なのが適切な代替地が見つからず、延期か中止になることだ。悩んでいても仕方がないが、嫌な予感を払拭できないでいた。

理恵は急ぎ足で改札を抜けた。待ち合わせ時刻は大分前に過ぎている。

不安は的中し、金曜のうちに代替地は決まらなかった。候補地は連絡しても埋まっているか、何かしら不満がある場所だけだった。

帰宅後もインターネットを使って候補地を探したせいで、普段より夜更かししてしまった。完全な言い訳だが、睡眠不足のせいで寝坊してしまったのだ。

露とは雑貨屋に向かう途中駅で待ち合わせをしていた。互いの住まいとの中間地点になる。そして集合の後、駅近くにある喫茶店でブランチを食べる予定になっていた。

乗換駅では改札から出る必要があり、露が以前から興味を抱いていたカフェがあった。本格インドカレーとインド風のスイーツが名物で、ベジタリアン向けのメニューが豊富だという。

集合時刻は駅前に十時二十分なのに、今は十時半だ。露には先に店に入っていてほしいと連絡をしておいた。ずっと年上なのに遅刻したことが情けなかった。

露はかねてからベジタリアンやヴィーガン向けの料理に関心があったらしい。けんちん汁の由来に興味を抱いていたのは、肉類不使用だからなのだろう。

露自身は肉類や魚介類が大好物だが、将来のために勉強したいらしい。父親の仕事の手伝いをしたいという健気な気持ちを聞き、理恵もぜひ協力したいと思った。

世間には様々な宗教観や主義を持つ人々が存在する。詳しくは知らないが、ベジタリアンやヴィーガンのなかでも、乳製品や卵、はちみつなどの食材を食べるかで分類が異なるという。

大事なのは各々（おのおの）の信条を尊重することだ。そのために実際に体験をすることは理解を深める助けとなるはずだ。

駅前から徒歩四分のカフェに走って到着する。

古き良き喫茶店の佇まいだが、象の顔をしたインドの神様のオブジェが店頭に置いてある。ガネーシャという名前だったはずだ。『Ｃａｆｅキッサコ』という看板を確認してからドアを開ける。入店の鐘が鳴り、スパイスの香りが鼻孔をくすぐった。

昭和の喫茶店を思わせる店内に、様々な国のオブジェが無造作に置かれている。暖色の明かりが店内を照らし、ＢＧＭは無音だった。

店内を見回し、目を疑う。客席の奥で露がうつむき、二人の男性がそばで見下ろしていたのだ。

「……理恵さん」

露の声は弱々しく、目に涙が滲んでいた。

「露ちゃん！」

急いで駆け出すと、腰に椅子が当たった。大きな音が鳴ったけれど構わずに急ぐ。

四十歳前後の口髭の男性と、二十代の茶髪の青年が露の傍らに立っている。どちらも焦げ茶色のシャツと黒パンツに、黒のエプロンという格好だ。おそらく店員だろう。

露と男性たちの間に割って入る。露が安堵の表情を浮かべるが、目の端に涙が浮かんでいた。露が理恵のジャケットをキュッと摑み、口髭の男性が口を開いた。

「親御さんですか？」

「この子の父親の友人で、今日は私が保護者です。成人男性二人が小学生の女の子を取り囲んで、何を考えているんですか」

睨みつけると、口髭の男性が焦った様子で距離を取った。

「その点は謝罪します。ただ、フクロウのオブジェについて話を聞いていただけで」

「オブジェ？」

口髭の店員が壁際の棚を指差す。そこには透明なフクロウの彫像が台座の上で横倒しになっていた。フクロウは両足を揃え、背筋を真っ直ぐに伸ばした細長いフォルムをしている。

「状況から考えて、その子がオブジェを壊した可能性が高いんです」

「私、壊してない」

露がジャケットを摑む指に力を込める。露の声は震えていたが、確信が込められていると理恵には感じられた。

2

口髭の男性はＣａｆｅキッサコの店長の夏目(なつめ)、茶髪の青年はアルバイト店員の安田(やすだ)と名乗った。夏目店長と安田は伯父(おじ)と甥(おい)の関係らしい。理恵は名刺を差し出して身分を明らかにし、何が起きたのか双方から聞くことにした。

露は待ち合わせより早く駅に到着していた。理恵からの連絡を受けて先に喫茶店へ向かい、開店時刻とほぼ同時にＣａｆｅキッサコのドアを開けた。露は二名で待ち合わせと説明し、夏目店長が店内奥のテーブル席に案内したという。

「理恵さんが来てから頼もうと思って、注文は待ってもらいました。それから店員さんがお冷やとおしぼりを用意したら、厨房に消えていきました」

オープン形式の厨房だが、露の席からは柱が死角となって安田の姿は見えなくなったそうだ。

露は席で待ちながら店内を眺めた。中国風の蓮(はす)の花を模した照明や曼荼羅(まんだら)、お地蔵さんの置物など多種多様だが、不思議と統一感が取れている。そして露は席の横の棚に置かれたフクロウのオブジェに興味を惹かれた。

「すらっとした姿勢が綺麗で、一目で気に入りました。透明な素材も不思議に思えました。それで軽く触ってみたら突然倒れたんです」

オブジェの両脇には発泡スチロールの小さなケースが二つ並び、なかに観葉植物の鉢植えが置いてあった。オブジェは発泡スチロールに当たった後に転がり、露の座るテーブルに落下した。その瞬間、大きな音が店内に響き渡ったという。

露も驚きで声を発し、安田が厨房から顔を出した。露はテーブルを転がるオブジェが床に落下しないように受け止める。直後に夏目店長も奥から姿を現したそうだ。

夏目店長が腕を組み、困り顔になっている。

「大きな音と女の子の悲鳴に驚いて事務室から飛び出しました。すると女の子が土台から離れたフクロウを抱えていたんです。事情を聞くと、軽く触ったら倒れたと説明するじゃないですか。ですがオブジェはアクリル樹脂製で木の台に固定され、触れた程度では決して折れません」

夏目店長は客の少女がオブジェをテーブルに落下させた衝撃で破壊したと思っているようだ。つまりオブジェを壊した後、土台だけ棚に戻したと考えているのだ。

一方で露は軽く触っただけという主張を曲げない。

業を煮やした夏目店長が親の連絡先を聞くと、客の少女は俯いて黙り込んだ。それから何を聞いても口を閉ざしていたという。理恵が到着したのは、その直後だったそうだ。

理恵はテーブルに横たえられたフクロウのオブジェを指差した。

「触ってもいいでしょうか」

「構いませんよ」

フクロウのオブジェを持ち上げる。

アクリル樹脂製なので軽く、一キロに満たないと思われた。とぼけた顔が愛らしく、揃えた両足の裏側から伸びる一本の同じ素材の支柱で支えられていた。そのアクリル樹脂製の支柱が折れ、断面が剝き出しになっている。

フクロウのオブジェは頭が大きく、重心が身体の上のほうにあるようだった。支柱がなくても自立はするけれど、軽く押すだけで簡単にバランスが崩れてしまう。最初から支柱が折れていれば、露の証言通り軽く触れただけでも倒れるはずだ。

支柱の太さは一センチ程度なので、落下によって衝撃が加われば折れる可能性はあり得そうだ。だが軽く触れた程度で支柱が折れ、オブジェが倒れるとは考えにくい。

オブジェを置き、次は台座を手に取る。木製だからこちらも軽く、中央にアクリルの支柱の断面が見て取れた。

支柱の埋まった箇所に、茶色い土のような汚れがある。顔を近づけると甘くて官能的な香りが感じられた。覚えのある匂いだが、かすかなため思い出せない。考え込んでいると、夏目店長が困り顔で言った。

「そのオブジェは貴重な一点物で、制作者は故人のため二度と手に入らないのです。値段もそれなりに高価なのですよ」

「えっ……」

露が青い顔で絶句すると、夏目店長がため息をついた。

「お客さまの手の届く範囲に置いていたこちらにも非があります。店頭に並べていた以上、壊れる可能性も想定していました。ただ状況的に考えて、我々はお嬢さんが関与していると考えています。親御さんと一度お話をさせてください」

「少し相談させてください」

断りを入れてから、露と一緒に店長に背を向ける。露の表情は不安で強張っている。

理恵は露の目線に合わせて腰を屈(かが)めた。

「事情を考えて、麻野さんに連絡は入れようと思う」

「……はい」

　今にも泣き出しそうな声だった。露の背中に優しく手を添える。

「弁償する必要なんてないから安心して。壊れた理由を今から調べよう」

「信じてくれるんですか？」

　露が不安げな眼差しで理恵を見上げる。

「当然だよ。本当に壊したなら、露ちゃんは正直に認めるからね」

　露が黙り込んだことは仕方ないと思う。成人男性二人から詰め寄られたのだ。無実でも小学生の女の子なら、恐怖で何も言えなくなるはずだ。

「ありがとうございます」

　露が目の端に浮かぶ涙を指で拭った。表情がかすかに和らいでいる。そこでふいに露が店員の安田に視線を向けた。

「どうしたの？」

　訊ねると、露は首を横に振った。

「えっと、ごめんなさい。何となくだけど、あの若いほうの店員さんが何かを隠している気がして……」

　露は他人の負の感情に敏感だが、根拠を説明することができない。露の勘は正しいと思われるが、今は理恵の心に留(とど)めるだけにしておいた。

電話をかけると、繋がるけれど麻野は出なかった。仕入れ先の野菜農家に出向くと聞いているので、スマホに気づくのに遅れるのも無理はないだろう。

状況を説明したメッセージを送り、折り返しの連絡を待つことにする。それから店長にあらためて向き直った。

「この子の父親からは、すぐに連絡が来ると思います。ただ、露ちゃんはやはり壊していないと主張しています。まずは状況を確認させてください」

夏目店長の表情が険しくなる。店側の主張と真っ向から対立しているのだから当然の反応だ。だが状況は明らかに不利なので、まずは情報を集めることが重要だと考えたのだ。

するとと夏目店長が目を閉じた。

「承知しました。何でも質問してください」

「話を聞くんですか？」

脇にいる安田が驚きの声を上げる。

「あちらにも言い分はあるんだ。耳を傾けないのは不公平だろう」

夏目店長の言葉に安田が不服そうな表情で引き下がる。理恵は考えを巡らせてから、まずは露に質問をした。

「壊れたときの状況を詳しく話してもらえるかな」

「えっと、私は本当に指先が触れただけです。それなのにオブジェが突然倒れたから、驚いて声を上げました」

「最初から折れていた可能性はありませんか？」

店側に問いかけると、夏目店長が首を横に振った。

「実は今日の開店前に確認してあったんだ」

夏目店長は開店の一時間前、フクロウのオブジェの両脇に観葉植物を飾ったらしい。その際にオブジェに触れたが、壊れていなかったという。

観葉植物に目を遣る。十五センチ四方くらいの発泡スチロールの箱に小さな鉢が入れられ、観葉植物が茂っていた。冬場の寒さに弱い植物を店内に移したのだそうだ。

観葉植物を観察するが異変は見られない。次に発泡スチロールを確認すると、左右で汚れ具合が異なっていた。右側は黒い汚れが目立ち、もう一つは真っ白なのだ。綺麗な発泡スチロールには真新しい値札がついていた。

「左の発泡スチロールは新しいのですか？」

「早くから営業している園芸店で、今朝買ったばかりだよ。もう一個のほうは大分古いね」

店長の口調からいつの間にか敬語が取れている。観葉植物が何となく気になった理恵は、両方の発泡スチロールに小さな凹(へこ)みを発見した。

古い発泡スチロールは指で押し潰したような跡がある。おそらく持った際に指に力が入りすぎたのだと思われた。

そして似たような跡が新しい発泡スチロールにもついている。だが表面が妙に滑らかで、古いほうの凹みとは異なる印象を受けた。違いの理由が気になったが、意味があるのか理恵にはわからない。

だが気になったのでスマホで撮影しておくことにした。壊れたオブジェと土台も念のため写真としてデータに残した。

「観葉植物を置いた後、オブジェに触れていないのですね」

「私は全く触っていないよ。観葉植物を飾った後に店内の掃除をしていたら、彼が出勤してきたんだ。オープン作業を任せ、奥の事務室で書類仕事をしていたんだ」

視線を向けると、安田が頷いた。

「俺は開店三十分前に出勤しました。伯父さんが事務室に引っ込んだ後、俺は厨房でひたすらレモン汁を搾っていました。名物のサンディッシュを作るために大量に必要なんですよ」

サンディッシュなら露に店を提案された際に聞いていて、理恵も十数分前まで食べるのを楽しみにしていた。牛乳と生クリーム、レモン汁で作るフレッシュチーズのデザートで、カルダモンの風味が効いたインド風チーズケーキだという。

安田が開店前の状況説明を続ける。

「黙々とレモンを搾っていたら開店時間の十時半になったんです。店長が事務室から出てきて看板をＯＰＥＮにしました。そしたら開店と同時にその子が入ってきました」

「私はその子を奥の席に案内し、すぐに事務室へ戻りました」

安田は露から、待ち合わせ相手が来てから注文すると告げられる。お冷やとおしぼりを出し、厨房に戻って仕込みの続きをしたという。この辺りの証言は露とも合致している。

「オブジェが壊れた瞬間は見たのでしょうか」

「作業台から奥の座席は死角なんで、壊れた瞬間は見えないっすね」

安田の返事を聞いた理恵は、ある可能性に気づいた。

「開店前に店長さんが事務室にいた間、安田さんは厨房に一人だけですよね。その間にオブジェに触れることは可能なはずです」

「それは……」

安田が表情を変えるが、隣で夏目店長が首を横に振った。

「支柱が折れたのだから、ある程度の衝撃があったはずです。事務室の仕切りは暖簾だけで、ホールの音は筒抜けです。それらしき音は一度しか聞こえませんでした」

露がオブジェに触れ、テーブルに落下した際の衝撃音のことだ。理恵が反論を考えていると、夏目店長が首を横に振った。

「身内を信じる気持ちは理解します。でも警察の真似事はもう充分でしょう。君はやっぱり、自分が壊していないと主張するのかな」

夏目店長に視線を向けられ、露が歯を食いしばった。

「……勝手に触ったことは謝ります。でも嘘は言っていません」

「あとは親御さんとの話し合いになるけど、おじさんの話を聞いてほしいんだ」

そう前置きしてから夏目店長が店内を見渡した。

「この店の置物は雰囲気がバラバラだろう。しかも喫茶店なのにインド料理をメインに出している。実は私の実家はお寺でね。家は兄が継いだが、私は実家の影響で仏教やインドに興味を抱くようになったんだ。だから店でもカレーを出している。フクロウも仏教の吉祥天（きちじょうてん）の元になったインドの神様と深い関わりがあるんだ」

店内のオブジェは一見すると雑多だが、どれも仏教に関係するようだ。店名の喫茶去（キッサコ）も仏教用語だったはずだ。

夏目店長が苦々しい顔で頭を掻（か）いた。

「実は先月うっかり転んで、カレーに使う貴重なスパイスを大量に店内でぶちまけたんだ。正直掃除が大変だったよ。そういえばそのフクロウのオブジェも、そのときにスパイスまみれになっていたな」

特別なルートで仕入れた有機栽培の最高級品らしい。夏目店長は貴重なスパイスを台無しにしたことに落ち込み、質は劣るが入手が簡単な品を使うか悩んだ。

だが業者に頼み込み、無理を言って最高級品を仕入れ直したという。普段より費用がかかり、赤字になる可能性もあったそうだ。

「代わりのスパイスも充分な品質だったが、それではうちのカレーにならないんだ。黙っていれば気づくお客さんは少数かもしれない。それなのに、どうして私が味を落とさなかったかわかるかな」

露が黙っていると、夏目店長が穏やかに目を細めた。

「仏教には妄語という言葉があってね。嘘をつくという意味で、妄語を禁止する意味の不妄語戒は、仏教徒が守るべき五つの戒めの一つに数えられているんだ」

夏目店長は優しく諭しているが、露が嘘をついたという前提で進んでいる。

「嘘は相手の信頼を損なうだけでなく、自分自身も不安で身動きが取れなくなる。嘘をつくことは最終的に、誰よりも自分を傷つけるんだよ」

露が唇を噛んでいる。反論したかったが、突破口が見つからない。露の助けになれない自分が情けなく、悔しさで拳を握りしめる。

その直後、露のバッグから着信音が鳴り響いた。

露が慌ててスマホを取り出す。ディスプレイを見た瞬間、露の表情に期待が芽生えるのがわかった。指でタップしてから耳に当てる。

「もしもし、お父さん」

やはり電話の主は麻野だった。しばらく会話を交わした後、露は「父からです」と告げてから夏目店長にスマホを手渡した。

「お電話代わりました。Ｃａｆｅキッサコの店長の夏目と申します」

夏目店長と麻野のやり取りを、理恵たちは黙って見守る。すると店のドアが開き、鐘が鳴った。女性客が連れ立って入店し、一気に騒がしくなる。八人もの団体客で、夏目店長が慌てた様子で電話口に告げた。

「お客さまが来たので、こちらからかけ直します」

夏目店長が胸元からメモ用紙とペンを取り出して何かを書き殴った。麻野の電話番号だろうか。夏目はしかめ顔でスマホを露に返却した。

「あとは親御さんと話します。今日はお引き取り願えますか？」

安田が団体客の接客をしている。居座るわけにもいかず、店の外に出ることにした。

3

道路に出ると、急に息がしやすくなった気がした。空は曇りがちで肌寒さを感じる。露は顔を伏せ、表情がわからない。理恵のスマホに麻野から着信が届いた。

「もしもし、麻野さん」

「ご連絡いただきありがとうございます。僕は今遠方にいて、急いで向かっても三時間はかかってしまうんです。そちらは現在、どのような状況でしょうか」

スマホ越しに心配そうな麻野の声を聞き、申し訳なさで一杯になる。客で立て込んだため一旦店を出たと説明した後、理恵は強く目を閉じる。

「私が同行を申し出ながら、こんな騒動に巻き込んでしまいました。本当に何とお詫びしていいか……」

「理恵さんが謝ることではありません。双方の言い分に対立があるようですね。露から先ほど、理恵さんが調査をしてくださったと聞きました。よろしければ入手した情報を教えていただけますか」

「わかりました」

深呼吸をしてから、情報を全て麻野に伝える。どんな些細な箇所から麻野が真実を見抜くかわからない。露は理恵のジャケットの裾を握り、不安そうな表情を浮かべていた。

「写真があるのですね。まとめて送ってもらえますか？」

「すぐに送信します」

　一旦電話を切り、店内で撮影したオブジェなどの写真を全て送信する。すると麻野は十分ほどで折り返してきた。

「ありがとうございます。とても大事な情報が撮影されていました」

「何かわかったのでしょうか」

「現場に重要な証拠が残されている可能性があります。今から推測をお伝えするので、確認をお願いできますか？」

「もちろんです」

　麻野の指示を心に刻みつける。その間、露が不安げな眼差しで理恵を見上げていた。露の髪を撫でてから、スマホを耳元から離した。

「大丈夫、麻野さんが無実を証明してくれるよ」

　微笑みながら語りかけると、露は笑顔を強張らせながら頷いた。

　理恵と露は、一緒に喫茶店のドアを開けた。出迎えの声が聞こえるが、直後に夏目店長の険しい顔が見える。八名の団体客にはカレーが提供され、談笑しながら料理を味わっている。安田は厨房の奥にいて姿が見えない。

「何の御用でしょうか」

「まずはこの子の父親から話を聞いてください」

夏目店長にスマホを手渡す。麻野が電話越しに調査する許可を得る手はずになっていた。会話を終えた後、夏目店長が不服そうな表情でスマホを返してきた。

「早く終わらせてくださいね」

「ありがとうございます」

スマホに耳を当てると、麻野の声が聞こえた。

「店長さんの許可はいただきました。あとはよろしくお願いします」

「お任せください」

電話を切る。証拠を確認するのは理恵の役割だ。大事な任務に緊張しているのがわかった。胸に手を当てて息を吸い、心臓の鼓動を安定させる。

幸いなことに先ほど露が座っていた席には誰もいない。最初に調べるのは、オブジェの両脇にあった発泡スチロールだ。何となく気になった箇所は、想定より重要な証拠だったらしい。

新品の発泡スチロールには、指先くらいのサイズの凹みがあった。カメラアプリを起動させ、接写モードで凹みをより鮮明な画像で撮影した。

露は理恵の行動を不安げに見守っている。次にオブジェの台座だ。壊れたことで店の隅に片付けられていた。

店長の許可を得た上で手に取り、台座の折れた支柱部分を観察する。やはり茶色い土のようなものが付着していて、官能的な匂いが感じられた。

　最初は店内のスパイスの香りに紛れたこともあって判別が難しかった。だけど麻野から候補を挙げられた上で嗅ぐと、スパイスの種類は明らかだ。

　麻野の指示は全て確認し終えた。理恵は露の髪を優しく撫でる。

「全部麻野さんの予想通りだったよ」

　露の表情に期待が満ちる。その直後、夏目店長の折り目正しい声が耳に入った。

「ありがとうございました。ぜひまたお越しください」

　団体客は食事だけが目的だったらしく、一斉に退店していった。店内から客が消えた今がチャンスだと思い、夏目店長に声をかけた。

「露ちゃんの無実を証明します。今からお時間をいただけますか」

「無実ですか？」

　夏目店長が目を丸くするので、理恵は強い口調で告げた。

「説明はすぐに終わります。必ずご納得いただけるはずです」

　真っ直ぐの視線にたじろいだのか、夏目店長が一歩引き下がった。

「わかりました。こちらにどうぞ」

　夏目店長と一緒にオブジェが置かれていた現場に近づく。安田はトレイを手に、テーブルを片付けるためホールに出ていた。そして不安そうな眼差しをこちらに向けている。

　理恵は植物が置かれた発泡スチロールの箱を指差した。

「どちらの発泡スチロールにも指先程度の凹みがありますよね」

「それが何か？」

「古いほうは潰れたような形跡が残っています。これは持つ際に指に力が入ったのでしょう。ですが新しいほうの凹みは溶けたように表面が滑らかです」

　夏目店長が顔を近づけ、双方を見較べる。

「確かにその通りですが、これが何だと言うのですか？」

　大きく息を吸いながら、麻野の推測を正確に思い出す。

「レモンに含まれるリモネンという物質は、発泡スチロールを溶かす性質があります。かなり強力なので、指についた果汁でも充分に溶かす作用があります」

　直後に激しい金属音が聞こえた。テーブルを片付けていた安田が手を滑らせたらしいが、幸いにも皿やコップは割れていない様子だ。理恵は説明を続ける。

「凹みをよく観察すると、指紋らしきものが見えます。つまり今朝置かれたばかりのまっさらな発泡スチロールを、レモンを扱った誰かが触れたことになります。リモネンのついた指なら、他にも見えない痕跡が残っている可能性が高いでしょう」

「レモン……？」

夏目店長が狼狽しながら、片付けをする安田に顔を向けた。安田が顔を引きつらせ、覚束ない手つきで皿をトレイに載せている。

安田は出勤後、デザートの仕込みのためレモンを搾り続けていた。オブジェには近づいていないと証言しているが、本人の自己申告に過ぎない。

新しい発泡スチロールはオブジェのすぐ横にあり、今朝置かれたばかりだ。もしも安田の指紋があれば、オブジェに近づいていないという証言は嘘ということになる。

「おい、ちょっといいか。話を聞きたいんだが」

夏目店長が呼びかけた直後、安田がトレイをテーブルに置いた。

「すみませんでした！」

安田が膝をつき、露たちに向けて土下座をしてきた。


夏目店長は出入口にＣＬＯＳＥの看板を置いた。ランチのピークタイムがはじまるが、安田の罪の告白を優先したようだ。理恵たちは手近な席に腰かけている。夏目店長が険しい表情で項垂れる安田を凝視していた。

「開店前に延々とレモンを搾っていたら、途中で飽きちゃったんです。それで店長が新しく並べた観葉植物が気になって見にいきました」

安田は観葉植物を覗き込む際、新しい発泡スチロールを両手で持ったらしい。レモンを搾り続けた手はエプロンで軽く拭いただけだった。リモネンは皮に多く含まれる。指に残ったリモネンが発泡スチロールの表面を溶かして凹みを作ったのだろう。

「そのときに前腕部分がフクロウのオブジェに強く当たりました。そうしたら突然、根元から倒れたんです」

とっさにオブジェを摑んで落下は防いだ。そして開店時間が迫っていたため、オブジェを立たせただけで誤魔化した。露の勘は安田の隠しごとを見抜いていたのだ。隙を見て接着剤で補修する気だったが、不運にも開店直後に客がやってくる。しかも夏目店長がオブジェに近い席に案内してしまう。そして露がオブジェに触れたことで破損が発覚する羽目になった。

麻野は露の話を信頼した上で状況を推測したらしい。居場所から考えて壊した可能性が最も高いのは安田になる。そこから発泡スチロールの写真を元に、レモンを扱った人物の関与を考えたようだ。

「オブジェの値段は前に話したな。弁償を恐れて隠蔽(いんぺい)したのか」

夏目店長が問いかけると、安田が身を縮ませた。

「それもあるけど、あのオブジェは伯父さんの親友が作ったんだよな。大切な宝物だと話していたから、本当のことを打ち明けられなかったんだ」

夏目店長はオブジェを故人の制作した品だと説明していた。つまり親友の形見だったのだ。厳しい態度には理由があったようだ。すると夏目店長は顔をしかめた。

「事情はわかった。だがやはり腕が当たった程度で壊れるとは思えない。私が事務室にいる間にオブジェを壊したなら相応の音が出たはずだ」

「でも本当に腕が当たっただけなんだ」

アクリル樹脂の支柱を折るには、ある程度の力が必要になるはずだ。前腕が偶然当たっただけでは不可能と考えるのは正しい。

理恵は話に割り込むため小さく手を挙げた。

「その疑問も説明できます」

「本当ですか」

夏目店長と安田から一斉に顔を向けられ、小さく咳払いをした。

「店長さんは先月、店内でスパイスを落としたのですよね。そのせいでフクロウのオブジェがスパイスまみれになったそうですが、ばらまいてしまったのはクローブですよね」

「どうしてそれを」

驚いた様子の夏目店長を横目に、オブジェの台座を手に取る。

「埋め込まれた支柱と土台の隙間に、茶色い土のようなものが残っていますね。嗅ぐとクローブ独特の甘くてスパイシーな匂いが感じられます」

夏目店長が土台に顔を近づけて、すぐに頷いた。

「綺麗に掃除したつもりだったのですが、確かに残っていますね。でも、これがどんな意味があるのでしょうか」

「クローブにはオイゲノールという精油成分が含まれ、抗菌防虫作用や腐食効果があります。その作用は強力なため、アクリル樹脂をぼろぼろにしてしまうんです」

「えっ！」

夏目店長はオブジェにかかったクローブを全て取り除いたつもりだったのだろう。だが支柱と土台の隙間に入り込んでいたのだ。そして一ヶ月かけてオイゲノールがアクリル樹脂を腐食した。その結果、非常に脆い状態になったのだろう。

理恵は以前、子ども食堂と幼児の火傷にまつわる事件に関わったことがある。その際にクローブが大きな手がかりとなった。その事件の記憶を嗅覚が覚えていたらしい。

「店長さんが今朝オブジェに触れた時点で、支柱は折れる寸前だった可能性があります。そして店員さんの腕が決定打になり、オブジェが壊れたのでしょう」

念のため、オイゲノールとアクリル樹脂に関する情報をスマホに表示させた。ディスプレイの記事を読んだ夏目店長が喉の奥で唸り、理恵と露に深く頭を下げた。

「お嬢さんを犯人扱いしてしまい、本当に申し訳ありませんでした。従業員の行動も、店長であり伯父でもある私の責任です。親御さんにも後日必ずお詫びします」

「すみませんでした」

夏目店長に続き、安田も再び謝罪を口にする。理恵は露の様子をうかがう。露は目を閉じ、何度も深呼吸をしていた。息遣いが落ち着いてから露が目を開けた。

「謝ってもらえればそれでいいです。私も店内の物を勝手に触ったことは反省しています。あとのことは、お父さんと話してください」

露はお辞儀をして踵を返す。出入口まで早歩きで進み、ドアを開けて店を飛び出した。

理恵は慌てて駆ける。外に出ると、露は路地の角に姿を消すところだった。追いかけると露は曲がってすぐの場所に立ち尽くしていた。

「露ちゃん」

「急に出て行ってごめんなさい」

一刻も早く店から離れたかったのだろう。それくらい怖い思いをしたのだ。振り返った露の目には涙が浮かんでいた。理恵に抱きつき、胸元に顔を押しつけてくる。

「信じてくれたおかげで安心できました。本当にありがとうございます」

「がんばったね」

緊張の糸が切れたのか、洟をすする音が聞こえる。無実の罪で大人から糾弾され続けたのだ。耐えがたいほどの恐怖だったはずだ。震えが収まるまで、理恵は露の背中を優しく撫で続けた。

4

　露は疲れた様子だったが、気丈にも目当ての雑貨屋に向かうことを望んだ。憧れの革製品を前に、嫌なことを忘れたように目を輝かせた。そして事前に決められたお小遣いの範囲内で、目当ての革製のショルダーバッグを購入した。

　理恵は麻野に内緒で、露が可愛いと声を上げていたポーチを買ってあげることにした。露は恐縮した様子だったが、直前に理不尽な目に遭ったのだ。これくらいの埋め合わせがあっても罰は当たらないはずだ。

　麻野はその後、夏目店長と電話でやり取りをしたらしい。そして夏目店長たちの強い希望によりスープ屋しずくへ謝罪に来ることになった。

　双方の都合を擦り合わせた結果、事件のあった日曜の二日後、喫茶店の定休日である火曜に決まった。現場に居合わせた理恵も関係者として同席することになった。

「この度は申し訳ありませんでした」

　スープ屋しずくの店内で、夏目店長と安田が揃って頭を下げた。理恵はカウンター席で三人の様子を眺めている。

「お嬢さんに辛い思いをさせ、本当に何とお詫びしていいか」

夏目店長が差し出したお詫びの品を麻野が受け取る。

「店内に飾られたオブジェを勝手に触った娘にも非があります。娘も事実が明らかになったからいいと言っています。もうこれで和解としましょう」

麻野の言葉に、夏目店長と安田が身を小さくする。露は顔を出すのを拒否したらしい。当事者が会いたくないなら尊重するべきだろう。それから麻野が皿を取り出し、夏目店長たちに声をかけた。

「こちらの都合に合わせ、早朝に来てもらったのです。よろしければ当店で朝食を召し上がっていってください」

夏目店長と安田が顔を見合わせ、二人が神妙な表情で頷いた。

「ありがたく頂戴します」

麻野に促され、夏目店長たちがテーブル席に腰かける。理恵は店の外に出て、看板をＯＰＥＮに直す。謝罪のときだけＣＬＯＳＥにしていたのだ。

パンとドリンクを用意して席に戻ると、麻野がカウンターにスープを置いた。

「本日の日替わりスープは、インドのパラク・ショルバです。乳製品は使用していますが、他の動物性食品は入っておりません」

麻野が用意したのはインド料理で、夏目店長が驚いた顔をしている。

ぽってりと厚みのある青色の皿に、鮮やかな緑色のスープが盛られている。スープからは芳しいスパイスと、青菜特有の香りが漂っている。

「サグチキンみたいな色ですね」

理恵は麻野に訊ねる。ほうれん草を使ったサグチキンカレーは、青菜の癖をスパイスが消しつつほうれん草の甘みを味わえる理恵の好物だ。麻野が微笑みながら答えた。

「インドの言葉でパラクがほうれん草、ショルバはスープを意味します。サグは青菜全般を指すようですね」

すると夏目店長が興味深そうな表情で口を開いた。

「洋食のお店かと思っていましたが、インド料理にもお詳しいのですか？」

「様々な国の料理に興味があって、試しに作るのが好きなんです。インド料理の専門家にお出しするのはお恥ずかしいのですが、改善点などご指摘いただけると助かります」

「私など専門家とは言えませんが、知っている範囲でしたら是非」

麻野が笑顔を向けると、夏目店長が恐縮した様子で頷いた。

金属のスプーンを手に取り、温かな緑色のスープをすくう。磨り潰されたほうれん草によってスープはピュレ状で、ねっとりした舌触りが楽しい。しっかりとした熱さが金属製のスプーンを伝って唇に感じられた。

スパイスの香りは鮮やかだが、カレーほどの複雑さは感じられない。使われているのは二、三種類だろう。特に爽やかな香りが一際鮮烈に主張している。

さらに飲み込むとミントの清涼感が鼻を抜けた。塩辛い味にミントの組み合わせは驚きだが、意外なほどに相性が良かった。

「美味しい」

ほうれん草の風味と乳製品のコクが味の根幹のようだ。動物性の食材は不使用なのに、ハーブの清々しさとスパイスの香りのおかげで複雑な味に仕上がっていた。

「伯父さん、めちゃくちゃ旨いね」

テーブル席から安田の驚いたような声が聞こえてくる。振り向くと夏目店長が真剣な眼差しをスープ皿に向けていた。

「素晴らしいです。スパイスはクミンとカルダモン、ブラックペッパーでしょうか。カルダモンを贅沢に使っていますね」

「個人的に香りが好きなので、少々値が張りますが強めに効かせてみました」

「このくらい思い切ったほうが印象に残りますね。当店でも真似したいくらいです」

「お口に合ったようで何よりです」

インドカレーが人気の喫茶店の店長にお墨付きを得られたのだ。麻野が満足そうに微笑んだ。気品ある香りはカルダモンだったらしい。理恵も意識して口に運ぶと、何となく高価な気がしてきた。

ブラックボードに目を向ける。カルダモンはスパイスの女王と呼ばれ、呼吸器系の不調の改善効果があるとされるらしい。また清涼感のある香りには緊張を和らげる効能があると言われているという。

自らの過失を認め、謝罪する行為は緊張を伴うはずだ。麻野は夏目店長と安田のためにカルダモンを効かせたスープを作ったのかもしれない。

Ｃａｆｅキッサコの名物であるデザートのサンディッシュにもカルダモンが使われていたはずだ。今回は食べられなかったが、いつか口にしたいと思った。

チャパティをかじる。今日の料理に合わせカゴに盛られていたのだ。全粒粉を使ったインド風の無発酵パンは歯切れが良く、小麦の風味をシンプルに感じられる。本場の組み合わせだけあってスパイスの効いたスープに合う。

食事を楽しんでいると、麻野から声をかけられた。

「そういえば朝活フェスの会場問題はどうなりました？」

参加者だけあって麻野も心配していたようだ。理恵はチャパティを飲み込む。

「実はまだ決まっていないんです」

社内から集まった案を月曜に検討し、担当者はいくつかの候補会場に連絡をしたようだ。しかしどこも予約で埋まっており、状況は芳（かんば）しくなかった。

「我々が想定している中規模の食イベントが開催可能で、なおかつ都心からも交通アクセスの良い会場は全滅でした。まだ候補は複数ありますが、何を妥協するかで会議も紛糾していまして……」

会場が狭くなれば出店数も見直す必要が出てくる。都市部向けに計画を練っていたため都内の郊外、または都外になれば客層も変わってくる。イベント内容も見直さざるを得ない。会場変更に伴って考えることが多すぎて、暗澹たる気持ちだった。

「詳しくお聞かせ願えますか」

突然、声をかけられる。振り向くと、夏目店長が椅子から立ち上がっていた。

「えっと、何のことでしょうか」

「イベント会場をお探しなのですよね」

「はい、そうですが」

意図がわからないが、理恵はうなずいた。

「それでしたら、うちの実家のお寺は使えませんか。縁日では食品やガスを扱いますし、歴史だけは長いため境内はかなりの面積があります。駅からのアクセスも良いですし、駐車場も充分な広さがあります」

突然の申し出に、危うく椅子から転げ落ちそうになった。

「何というお名前のお寺ですか？」

前のめりで訊ねると、夏目店長は寺の名前を教えてくれた。地図アプリで場所を確認する。夏目店長の言う通り歴史ある寺で、敷地面積も相当な広さのようだ。最寄り駅の規模や駅からの距離は申し分ない。

さらに夏目店長から聞いた通り、飲食物を扱う縁日を年に何回も行っている。食イベントを開いた実績はないようだが、縁日ができれば問題はないはずだ。色々な候補が集まっていたが、お寺で食イベントを行うのは盲点だった。

「我々が最初に考えていた施設と比較しても、非の打ち所がありません。本当に使うことは可能なのでしょうか」

朝活フェスのスケジュールを伝えると、夏目店長がスマホを操作して頷いた。

「お寺の予定表を確認しましたが、その時期は行事が入っていません。今は兄が住職をしています。私からもお願いすれば話は通りやすいかと思います」

会社での承認も要るし、夏目店長の言うように寺側の許可が得られるかもわからない。だけど条件だけ見れば完璧だ。

ただ一点、気になることがあった。迷いが顔に出たらしく、夏目店長が訝しげに訊ねてきた。

「何か問題がありましたか？」

「露ちゃんにも断りを入れたいなと……」

夏目店長たちと一悶着(ひともんちゃく)あったのだ。その身内の寺でイベントをやることに、露は不快感を覚えないだろうか。するとカウンター奥の戸が勢いよくスパーンと開いた。

「私は全然気にしません」

戸の向こうに露が立っていた。

「聞いていたの？」

以前に較べたら改善したが、露は人見知りが激しい。戸の裏から様子を窺い、店内に入るか迷っていたのだろう。

「えっと、おはようございます」

露が気まずそうに会釈をすると、夏目店長と安田も同じように返した。それから露は理恵に向き直り、両手で握りこぶしを作った。

「そのお寺はイベントに最適なんですよね。すごくラッキーじゃないですか。絶対にお願いするべきです。私も朝活フェスは楽しみにしているんですから」

「ありがとう、露ちゃん」

露に感謝を告げてから、理恵は夏目店長に頭を下げた。

「会社でお寺での開催を提案します。社内での確認が取れ次第、正式に依頼をさせてください」

「私からも住職に話を通します。ぜひ協力させてください」

夏目店長の言葉に深く息をはく。正式に決まったわけではないが、開催に目処がつきそうなことに安堵したのだ。自覚する以上に、朝活フェスの成否に気を揉んでいたようだ。

「良かったですね」

麻野に声をかけられ、微笑みを返す。

「ありがとうございます」

椅子に座り直し、パラク・ショルバの残りを口に運ぶ。温度が下がったことでカルダモンの上品な香りの輪郭が明瞭になっていた。理恵は食べ進むにつれ、緊張がゆっくりほぐれていくのを感じた。

会社に提案したお寺での開催は、会議を経て正式に最有力候補になった。担当者を含めて下見をすると、あらゆる条件が最適だと改めて判明する。夏目店長の根回しもあって、契約を淀みなく進めることができた。

場所変更による出店数の影響もなく、来場者見込みも上方修正したほどだ。宣伝担当も大々的に広告を打ち、広報担当へも取材の依頼が順調に舞い込んでいる。

「もうこんな時間か」

窓の外はすっかり暗くなっている。理恵は会社に居残り、パソコンの前で呟いた。

イベント本番が目前に迫り、最近は残業が続いていた。スープ屋しずくの朝営業にも一週間ほど顔を出せていない。

パソコンのウィンドウを閉じると、朝活フェスのポスターが目に入る。気持ちを高めるため、データを壁紙に設定していたのだ。

最初は不慣れな仕事に戸惑うことばかりで、不本意な気持ちもあった。だけど様々な仕事を通して、ブーランジェリー・キヌムラのパンやいなだ屋のおにぎり、メイという人間の魅力、そして何よりスープ屋しずくの料理などを、多くの人と分かち合いたいと思うようになった。

イベントはきっと、自分の好きを多くの人と共有したいから企画するのだ。大勢で同時に楽しめたら、幸福感は何乗にも膨らむに違いない。

絶対に成功させよう。もうひとがんばりするため、理恵は気合いを入れ直した。

第五話

朝活フェス当日
～理恵の忙しすぎる日～

俺の人生、何もかも上手くいかない。

今回だってそうだ。一発大逆転を狙うため入念に下調べをして、緻密な計画を立てた。そして勇気を振り絞って大勝負に出て、予想以上の成果を得た。

これからは、いいことばかり続くに違いない。今日から生まれ変わったのだと思った俺は、きっと浮かれていたのだ。

だから朝活フェスなんてイベントを案内する看板を気にしてしまったのだろう。

朝の時間が好きだった。窓から光が入り込み、俺は弟に叩き起こされる。あくびをしながらリビングに入ると、焼けたハムや味噌汁の香りが鼻孔をくすぐる。

家族で一緒に食べる朝ごはんが無性に懐かしかった。

離れて暮らす娘とも、同じような食卓を囲みたい。きっとその願いは実現する。成功に浮かれた俺の頭は、そんな夢でいっぱいになっていた。

本当なら脇目も振らず逃げるべきだ。だけど警察官やパトカーが多くて、不用意に歩き回るのが怖かった。そのせいで人混みに紛れるのも悪くないと理由をつけて、俺は朝活フェスに立ち寄ってしまった。

そして俺は、考えられない間抜けな失敗をやらかした。早く挽回しないと、夢は消し飛んでしまう。だけど俺は、あの女に邪魔されてしまった。

俺はどんな手段を使っても、アレを取り戻さなければならない。

そのために俺は、あの理恵という女を尾行しているのだ。

1

朝活フェスの初日、空は一面の快晴だった。

広々としたお寺の境内に、たくさんのお客さんが来場していた。場所変更は不安だったが、家族連れから友人同士のグループ、お年寄りから若者までが興味深そうに各ブースを眺めている。季節は冬だけど日の光のおかげで暖かさが心地良い。

広々とした境内の中央に延びる参道の両脇に、様々な飲食店が並んでいる。お祭りの縁日を想起させる光景だけれど、ヨガ教室やサンドイッチ店、スペインバルの陽気さが異彩を放っている。灯籠や石畳とのミスマッチが非日常感を演出し、お祭り気分を盛り上げてくれる。

小さな女の子がスムージーを一生懸命飲んでいる。ケールやアサイーなど話題のスーパーフードを取り入れたスムージーで、朝に充分な栄養が摂れつつ飲みやすいことが話題となっていたため出店をお願いした。女の子は笑顔で「美味しい」と隣の母親に笑いかけていた。

最高の滑り出しに理恵は安堵する。一般的な食フェスの開始時間は朝九時か十時が多い。だけど朝活フェスでは朝八時スタートに設定した。

社内でも議論になったが、幸いにして開始直後から大勢の来場者が押し寄せた。想定以上に地元客が多いようだ。それでも朝が終わった後が心配だったが、午前十一時半になっても客足は衰えていない。

夕方五時の閉場まで盛況さが続くよう祈りつつ、スタッフ腕章に手を添える。日程は二日間で、明日の日曜もある。仕事は無数に存在するし、どんなアクシデントが起こるかわからない。

軽快な音楽が流れはじめた。早朝のエクササイズを売りにするスポーツジムが、年配向けの体操の体験講座を開いているのだ。八人の来場者がトレーナーの指示に従って運動をしていて、ブースの周りには待ち客もいるほどだった。

ふいに遠くで、小さな男の子が転ぶのが目に入った。すぐに駆け寄ろうと思ったが、集団の客によって行く手を遮られる。

人混みの隙間から、スーツ姿の男性が男の子に近づくのがわかった。近くでしゃがみ込み、言葉を交わしている様子だ。スーツ姿の男性が抱えていたハンドバッグを脇に置き、付近で何かを拾う動作をする。

「すみません、トイレはどこですか？」

背後から声をかけられる。

「お手洗いですね。あちらの案内板に従ってください」

会場内に設置された立て看板を手で指し示した。敷地内にはお寺にあったお手洗い以外に、仮設トイレが二箇所準備してある。案内板の場所も全て頭に入っていた。

「ありがとうございます」

お客さんが矢印のついた案内板に向かっていく。転んだ男の子に視線を戻す。すると男の子もスーツの男性も姿を消していた。

問題は解決したようだ。スタッフとして迅速に動きたいが、突発的な事態すべてに対処することは難しい。それでも地道に動くしかない。気を引き締めつつ会場内の巡回業務を続けた。

ブーランジェリー・キヌムラのブースに行列ができていた。テントには店名が大きく書かれ、目玉商品の写真が印刷された看板が大きく掲げられている。

人気のパンが初めて本店以外で食べられるため、話題性も相まって事前の問い合わせは一番だった。

店頭では店主の絹村と妻の久仁子が忙しなく接客をしている。籍を入れたのは先週のことらしい。息子の海緒も今では両親の結婚を歓迎しているようだ。

「お待たせ！」

プラスチックのケースを抱えた海緒が、人混みをぬってブーランジェリー・キヌムラのブースに声をかけている。本店で焼いたパンを自動車で輸送する方式らしく、海緒はスタッフの手伝いをしているようだ。

忙しそうなので声をかけるのは遠慮して、巡回に戻ることにする。

寝具の実演ブースでは、オーダー枕の実演販売をしていた。本人に合った枕をその場で作ることができ、購入すれば自宅への郵送も可能だ。感心した顔つきで枕を触る客を横目に進むと、正門付近に差しかかった。

一対の仁王像の巨大な背中が金網越しに見える。江戸時代の創建時から睨みを利かせているという。

「奥谷さん、見廻(みまわ)りですか」

「あ、安田くん」

作務衣(さむえ)を着た青年に声をかけられる。Ｃａｆｅキッサコの店員だった安田は、茶髪を丸坊主にしていた。

喫茶店での一件の後、安田は寺で修行することを決めたという。今では朝早く起きて掃除や炊事などに取り組んでいるそうだ。

「本当にありがとう。安田くんたちの御厚意のおかげで、無事に初日を迎えられたよ」

「俺は何もしていません。お礼なら住職にお願いします」

安田が恐縮した様子で、青々とした坊主頭を撫でた。

夏目店長の口添えもあり、住職はイベントの依頼を快諾してくれた。しかも駐車場だけでなく、寺務所の端まで提供してくれた。

「……あれ？」

門前の公道をパトカーが通過した。今朝から台数が多い気がする。すると理恵の視線を追ったのか、安田が坊主頭を掻いた。

「今朝、市内の資産家のお宅で盗難があったそうです。高価な宝飾品も多かったようで、犯人はまだ捕まっていないみたいですね」

「詳しいんだね」

明け方から準備に追われていたため、ニュースを確認する暇がなかった。スタッフ内で共有するべき情報だろう。

「住職と被害に遭った資産家さんが知り合いらしいんです。宝石を集めては自慢していたそうなので、いつかこうなるのではと心配していたみたいです」

そこで安田が神妙な表情で目を伏せた。

「今さらだけど、この前のことは本当に後悔しています」

「もう済んだことだよ」

露の許しは得られたのだ。理恵がフォローすると、安田が首を横に振った。

「伯父さんのお寺で修行しながら、自分の行いを省みるようになりました。それで本当に馬鹿なことをしたと日に日に恐ろしくなってきました。でもこの事実に気づかないまま過ごしていたらと考えると、もっと怖くなってくるんです」

　理恵は安田の言葉に耳を傾ける。

「俺にできることは罪の意識を胸に刻み、同じことを繰り返さないよう真面目に過ごすことだけだと思います。勝手な話ばかりしてすみません。それじゃ失礼しますね」

　安田が立ち去る。自分なりに考えて、行いに向き合おうとしているのだ。あとは安田の心持ち次第なのだろう。

　腕時計を確認する。与えられた役割はいくつかあるが、最も大きなものが来場者応対業務の管理責任者だ。遺失物や迷い人、救護業務などの会場サービスが円滑に行われているか確認するのが業務内容だった。

　次は忘れ物センターに向かうことに決める。一歩踏み出すと、急に方向転換した男性とぶつかりそうになった。

「わっ」

　慌てて避け、衝突は免れた。人口密度が増すのは嬉しいが、混雑はトラブルも起きやすくなる。理恵は相手の男性に頭を下げる。

「申し訳ありません。前方不注意でした」

「こちらこそすみません」

　三十代半ばくらいの柔和そうな男性だった。ダウンジャケットを着ていて、額に大きなホクロがある。すると男性の隣にいる五歳くらいの少女が口を尖らせた。

「もう、きわむくん。ちゃんと前を見ないと駄目だよ」

少女はませた口調で男性に注意する。少女は片手にチュロスを握っていて、口の周りに茶色い粉がついていた。

「ごめんごめん、ちゃんと注意するよ」

男性が謝りながら、少女の口元を指で拭う。少女が大人を名前で呼ぶ距離感を不思議に感じた。年齢差は親子だが、何となく違う気もする。遠ざかる二人組から視線を外し、理恵は忘れ物センターを目指して歩き出した。


正門から参道を真っ直ぐ進んだ先に本堂が建っている。本堂を正面に見て境内の右手側奥に忘れ物センターが設置されていた。高価な品を扱う可能性もあるため、四方を幕で覆ったテントにして内部を隠していた。

スタッフは二名が常駐するように手配している。出入口から覗き込むと四十歳ぐらいのスーツ姿の男性とスタッフの一人が、折りたたみ式テーブルを挟んでやり取りをしていた。

「落とし物はそれです。見つかってよかった！」

テーブルの奥に金属ラックが設置され、落とし物が並べられている。開場から数時間だが、すでに数点の荷物が置かれている。

　スーツの男性は安堵の表情で、金属ラックのハンドバッグを指差していた。

「見つかって良かったですね」

　若いスタッフがハンドバッグを手に取る。そこで理恵は声をかけた。

「中身の確認は済んだ？」

「えっと、あの。これからです」

　忘れ物センターのスタッフは臨時で雇われたアルバイトだ。規則ではバッグなどの落とし物の場合は先に中身を聞き、同意を得て開けた上で確認する決まりだった。

　理恵は二人の間に割って入り、スーツ姿の男性に質問する。

「中身をお教えいただけますか？」

　スーツ姿の男性は眉間に皺を寄せる。

「それは俺のだよ。いいから早く返してくれ」

「申し訳ございません。規則ですので確認をお願いします」

「ああ？」

　毅然と告げると、スーツの男性は声を荒らげた。険しい表情に緊張が走り、スタッフがバッグを守るように両腕に抱える。スーツの男性が小さく舌打ちをした。

「俺は荷物を預かっていただけだ。だから中身は知らない」

「それでしたらご本人様に確認していただけますか？」

男性のスーツはくたびれた様子で、何となく着慣れていない印象を受けた。ジャケットの腰ポケットに白い紙袋が覗いているのが見えた。細長い形のようで、口が折り曲げられていて中身はわからない。ただ同じような紙袋を使っているのは会場内だとチュロス売場だけだったはずだ。

「……持ち主に聞いてから出直すよ」

スーツ姿の男性が不機嫌そうな態度で忘れ物センターを出ていく。出入口でテントの支柱を拳で軽く叩いた。

姿が消えた直後、深くため息をつく。そこで先ほどの男性に見覚えがある気がした。ついさっきという感じがするから、会場内で見かけたのかもしれない。

理恵はハンドバッグに視線を向ける。

「どういう経緯で届けられたの？」

「団体のお客さんの一人が届けてきました。体操の体験講座をした後、移動したら知らない間に他人の荷物が紛れていたんだそうです」

ほぼ同じデザインのハンドバッグを持つ人がいたらしい。忘れ物かと考えて持っていったら、当人は自分のハンドバッグを手にしていたそうだ。慌てて元の場所に戻って探したが、持ち主らしき人物が見つからず忘れ物センターに届けたという。

スタッフが不安げに聞いてくる。

「このバッグはどうしましょうか」

「規則に従って対応してください。荷物は念のため棚の奥に隠しましょう。それと市内で窃盗事件もあったようなので、注意を払いながら業務に当たってください」

「はい！」

厳しい口調で告げると、スタッフ二名は背筋を伸ばした。男性の行動は不審で、バッグの中身が気になった。だが勝手に見るわけにはいかない。

忘れ物センターを出て、会場の巡回を続ける。

朝市をテーマにしたブースが閑散としていた。産直の野菜を販売していて、開場前には新鮮な土つきの人参や春菊、長ネギなどが並んでいたはずだ。

不思議に思って覗き込み、空いていた理由が判明する。まだ昼過ぎなのに野菜類がほぼ完売していたのだ。

「お疲れさまです。大人気だったようですね」

「明日は今日の三倍は用意するよ」

男性店員が肩を竦める。大ぶりな白菜が市価の四割引ほどで売られているのだ。イベント終了時に余っていたら買おうかと思っていたが、甘い考えだったらしい。

巡回を続けていると、トマトの香りが鼻をくすぐった。顔を上げるとスープ屋しずくのブースを発見した。

テント上部に大きく店名が掲げられ、慎哉と女性店員が行列を手際よく捌いている。ランチタイムのアルバイトの比留間梓で、テイクアウト業務には慣れているはずだ。

露も昼過ぎから手伝う予定で、保健所の検査も済ませてあるそうだ。麻野の姿が見えないが、奥で調理をしているのだろうか。すると背後から呼びかけられた。

「理恵さん」

振り返ると麻野が立っていた。

「麻野さん、どうしてここに？」

「お手洗いから戻ってきたところです。呼び止めて大丈夫でしたか？」

理恵たちは邪魔にならないよう通路の端に避ける。

「アルバイトスタッフが最低限しかいないので、今は巡回をやっています」

「お忙しいようですね」

「麻野さんこそ、大盛況のようですね」

「ありがたいことに朝から大忙しです」

スープ屋しずくのブースに視線を向ける。

メニューはお店で人気のミルクシチューとカレースープ、そして肉類を使わない緑のミネストローネの三品に絞ったらしい。

運営側が用意したスープの写真の看板が、テント上部に大きく飾られていた。印刷の鮮明さも上々で、どのスープも目を惹きそうだ。

そこで理恵は麻野への伝言を思い出した。

「ブロガーのメイさんが、スープ屋しずくの料理をトークショーの前に食べたいとのことで、控え室にお持ちしたいんです。一時間半くらいしたら来場する予定になっています。その頃に誰か派遣するので、スープを用意してもらってもよろしいでしょうか」

本日はブロガーのメイのトークショーが特設会場で行われる。開始時刻まではあと二時間ほどだ。メイは麻野の料理がすっかり気に入ったらしい。

「承知しました。お互いがんばりましょう」

そこで理恵は腕時計に目を遣った。

「すみません。もう行かなくちゃ。会場サービス業務全般の責任者も任されたので、巡回と同時進行で各所を確認しているんです」

互いに悠長に長話する余裕はないはずだ。軽く頭を下げてから踵を返すと、麻野も早足でブースに向かっていった。

理恵は続いて迷子センターに向かうことにした。

2

　迷子センターは本堂を正面に見て左手側奥に設置してあった。アルバイト担当者が二名配置され、迷い人の保護や登録管理、場内アナウンスなどを行っている。

「お疲れさまです」

　覗き込むと五歳くらいの女の子がパイプ椅子に座っていた。女性スタッフが困った様子で話しかけている。もう一人のスタッフは受付で暇そうにしていた。

「えっとね。あなたのお名前、お父さん、お母さんのお名前、電話番号。わかることはないかな？」

　スタッフが丁寧に質問するが、女の子は無言で足を揺らしている。女の子に見覚えがあった。近寄るとスタッフが困り顔で訴えてきた。

「何も教えてくれないんです」

　スタッフの説明では、女の子は十五分ほど前に迷子だと自己申告しながら姿を現したという。その段階で珍しいのだが、さらに質問に無言を貫いているそうなのだ。

　腰を屈め、女の子に目線の高さを合わせた。

「また会ったね」

「あ、きわむくんとぶつかりそうになったお姉さん」

やはり数十分前、理恵と衝突しそうになった男性と一緒にいた女の子だ。

「そうだよ。チュロス好きなの？」

女の子は先ほどチュロスをかじっていたが、今は何も持っていない。女の子は満面の笑みでうなずいた。

「うん。前にもパパが買ってくれたんだ！」

「そうなんだ。さっきもパパと一緒にいたよね」

すると女の子が勢いよく首を横に振った。

「きわむくんはパパの弟だよ」

不用意な発言だったと反省する。世の中には様々な関係の家族がいて、親子ほどの年齢でも実際に親子とは限らない。

「そっか。叔父さんと一緒に来たんだね」

「そうだよ。でもパパもここにいるよ」

女の子が嬉しそうに足を揺らす。きわむと呼ばれた男性は叔父で、父親も会場にいるらしい。

理恵は続けて名前や住所、電話番号を質問する。すると女の子はハッとした顔になり、そのあとは何も教えてくれなくなった。

「ほら、何も言わないでしょう」

スタッフが困ったように言う。荷物もないため、身元を示す手がかりはない。

「きわむさんの姪御さんが迷子だと、場内アナウンスをお願いします。多分それで相手には伝わると思うから」

「承知しました」

スタッフが返事をするが、渋い表情をしている。

「どうかした？」

「実を言うと、迷子センターを託児所代わりにする親がいるんです。自分から迷子と名乗ったのは不自然ですし、親から何も言わないよう釘を刺されているのかもしれません」

イベントを楽しむため、子どもを迷子センターに押しつけるケースは事前に考慮されていた。だが見分ける方法がないので善意に頼る以外の対処法がない。

理恵は巡回を続けるため、迷子センターのテントから出る。するとすぐに見覚えのある顔を発見した。いなだ屋の常連客であるトラック運転手の酒川だ。隣にいる私服姿の女の子は、ラクロス部に所属する女子高生の綱島だった。

「あれ、この前の店員さんだ」

綱島が理恵に近づいてくる。

二人で来ているのかと思ったら、酒川の隣にもう一人女の子がいた。綱島と同年代くらいの女子高生で、顔立ちが梅ヶ辻に似ている気がした。そういえば梅ヶ辻の孫が、綱島の部活の一学年後輩だったはずだ。

綱島はブーランジェリー・キヌムラで買ったと思われるサンドイッチ、もう一人の少女はいなだ屋らしきおにぎりを手にしていた。

あの後稲田から、酒川がオンライン通話の相手と縁が切れたと教えられた。残念だが相手次第なのだろう。それを慰めるという名目で、綱島が友人と一緒に酒川とイベントに遊びに来る予定だという話を聞いていた。

綱島が理恵に笑顔を向ける。

「稲田さんから聞いたんですけど、このイベントのスタッフさんだったんですね。めちゃくちゃ楽しませてもらっています！」

「あの、ちょっといいですか」

酒川から声をかけられる。

「何でしょう」

「会場内にトイレの案内板が設置されていますよね。矢印の向きが間違っていたので、直したほうがいいですよ」

「本当ですか？」

酒川が言うには、数分前に案内板に従って向かったのにお手洗いが発見できなかったという。この場から見える看板らしいので顔を向ける。すると案内板が記憶とは異なる方角を指していた。

「お教えいただき、ありがとうございます。すぐに修正します。イベントもぜひ楽しんでいってください」

「お役に立てたなら幸いです」

理恵は酒川たちと別れ、案内板まで急いだ。

針金で樹木にくくられた看板が、臨時トイレと別の方角を示している。お寺のトイレや仮設トイレへの案内板の向きは全て開場前に確認してあったはずだ。

スマホに着信があり、本部スタッフの番号が表示されていた。

「もしもし、奥谷です」

「あ、奥谷さん。実は複数箇所でトイレの案内板が間違っていると報告が入ったんです。お忙しいのに申し訳ないのですが、看板のチェックをお願いできますか」

「ちょうど今一箇所修正しました。他も調べますが、全部回ると私だけでは時間がかかると思います」

案内板は全部で九箇所あり、会場内に点在していた。最低限の人数で回しているため、本部でも手の空いた人員がいないらしい。

そこで本部の人と協議して、余裕のありそうな迷子センターの受付担当者を臨時で借りることにした。迷子センターに戻り、スタッフに事情を説明する。案内板の地図を渡し、手分けして確認に向かうことになった。

最初の案内板に到着した理恵は小さく呟いた。

「ここもずれてる」

案内板に矢印が描かれ、トイレの方向を指していたはずだった。だが木に針金でくくられていた看板は向きを変え、トイレと異なる方角を示していた。

修正してから他の案内板に向かう。残り三箇所を確認すると、二つの看板で方角が変えられていた。別行動のスタッフに連絡を取ると、他の看板も同様だと判明する。

全て修正したと報告すると、本部から目撃情報について教えられた。

看板に手を加える男性の姿を、枕の実演販売員が目撃していたらしい。スーツ姿だったため、イベントスタッフだと思ったそうだ。

不特定多数の人間が集まれば、不届き者が含まれるのは避けられない。だが案内板をいじるなんて悪戯は姑息だと思う。

電話を切ろうとすると、本部の背後が急に騒がしくなった。通話相手が十秒ほど電話口から離れた後、困ったような口調で告げてきた。

「敷地内で喧嘩があって、男性が救護室に運ばれたそうです。何度も申し訳ありませんが、様子見に向かってもらえますか」

「了解しました」

トラブルは連続するものらしい。通話を切ってから、早足で救護室に急いだ。

救護室は迷子センターの隣にあった。当初は迷子センターの後に立ち寄る予定だったが、案内板の確認のため後回しになっていた。組立式のテントは四方が幕で遮られ、倒れた人などが外から見られないよう配慮されている。

出入口から入ると成人男性が横たわり、常駐の看護師が付き添っていた。看護師の背中で男性の顔は見えない。

理恵は救護室の担当スタッフに経緯を訊ねる。

「場内で客同士が怒鳴り合いをはじめ、片方がそちらの男性を突き飛ばしたそうです。そして本部から駆けつけたスタッフが救護室まで運びました」

「ありがとう。警察には連絡したの？」

敷地内で起きた暴力行為なのだ。警察官の姿は来場者の動揺を誘うが、刑事事件であれば介入は仕方がない。すると担当スタッフが首を横に振った。

「実は被害者の方が、警察沙汰を避けたいと主張しているんです」

当事者が通報を望まないなら、主催者としても警察への連絡は難しい。頭を打ったなら救急車の手配も必要になるかもしれない。看護師に近づいて声をかける。

「容態はいかがですか？」

「軽い脳震盪（のうしんとう）だと思われるので、しばらく休めば回復するはずです」

専門家が問題ないと判断したなら一安心だ。被害男性は横向きに寝て、後頭部に濡れタオルを当てていた。

「あっ」

被害男性の顔を見て、思わず声を上げてしまう。迷子の少女がきわむくんと呼んでいた男性だったのだ。服装と額のほくろからも間違いないと思われた。理恵の声に反応し、男性が不審そうな目つきで見上げてきた。

「すみません。三十分ほど前、私と衝突しそうになりましたよね。五歳くらいの女の子と一緒にいたと思うのですが」

男性が目を見開き、寝返りを打って背中を向けた。

「人違いです。女の子のことも知りません」

追及したい気持ちもあるが、怪我人なので憚（はばか）られる。担当スタッフに確認すると、氏名は田中究（たなかきわむ）だと判明する。女の子の叔父の『きわむくん』で間違いないと思われた。

「現在隣の迷子ブースに、五歳くらいの子が保護されています。お心当たりがありましたら、顔だけでも見てあげてください」

男性は背中を向けたまま返事をしない。あくまで無関係を装うつもりらしい。男性から離れ、スタッフに質問する。

「突き飛ばしてきた相手はどうなったの？」

「そのまま逃走したそうです。証言だと三十歳前後のスーツ姿の男性とのことです」

案内板に悪戯をした犯人もスーツ姿の男性だったはずだ。

休日のイベント会場は私服姿が多いが、運営陣や企業ブースの面々はスーツ着用なので決して少なくはない。これは単なる偶然なのだろうか。

本部に報告した後、救護室を出ると目の前に企業ブースがあった。

朝のジョギングの普及のため、スポーツメーカーがランニングシューズの測定をしている。適したシューズをその場で注文することも可能で、こちらも整理券が必要なほど盛況だった。

奇妙なトラブルは発生しているが、朝活フェスはきっと成功するに違いない。会場の賑わいを目の当たりにすると、理恵はそう信じることができた。


巡回の時間が終わりに近づいていた。

イベント本部は本堂の脇にある寺務所のロビーに設置されている。テーブルやパイプ椅子も提供してもらい、暖房も効いているため快適だ。

建物に入った直後、大きな叱責の声が耳に飛び込んだ。

「悪用される可能性だってあるんだぞ！」

企画部の部長が、項垂れるスタッフに激怒していた。近くの同僚に小声で訊ねる。

「何があったの？」

「アルバイトさんが腕章を失くしたんです。マジックテープで装着した上で安全ピンで留めるよう指導されていたようですが、安全ピンを忘れていたようですね」

腕章はスタッフの身分証明になる。心ない人に拾われたら悪用される可能性もあるはずだ。怒鳴るのは程ほどにするべきだが、部長の怒りも理解できた。すると同僚がため息をついた。

「実は閉会式で使うクラッカーも数が足らないらしくて、これから在庫のチェックをするんです。何度も確認したはずなのに、当日は予測不可能なトラブルが起きるものですね……」

同僚が慌ただしい様子で、裏手の荷物置き場に向かった。ホワイトボードに設置された理恵の名前の横に巡回と記してある。文字を消してから休憩と書き直した。

「それでは休憩入ります」

理恵が告げると、スタッフが忙しそうにしながら手を振ってくれた。朝から現場に出続けて、ほとんど何も口にしていない。空腹だし足の疲労も限界だが、ようやく待望の休憩時間を得ることができた。

ランチを食べる場所は事前に決めていた。疲れているのに自然と足取りが軽くなる。

理恵はスープ屋しずくのブースを目指すため一歩踏み出した。


スープ屋しずくのテント裏で、理恵はカップに口をつけた。冬の寒さで身体は冷え、スープが食道を通って胃まで落ちていく感覚がわかった。

「染みわたる……」

トマトと肉類が不使用のミネストローネは緑色で、日替わりスープで何度も提供されたことがある。現在も手伝いをしているアルバイトの梓の好物だったはずだ。

キャベツとセロリ、ほうれん草などの葉野菜に、インゲン豆やキノコなどが具材だった。じっくり炒めたおかげか、野菜の甘みと旨みが引き出されている。野菜はとろとろとシャキシャキというコントラストが楽しく、インゲン豆はほくほくで食べ応えがある。

さらに椎茸の出汁も効いている。椎茸のグアニル酸はグルタミン酸と一緒に摂ると、何十倍も旨みを膨らませるという。隠し味という昆布出汁と混ざり合い、ふくよかな味わいを生み出している。そこにバジルの香りとオリーブオイルの風味が加わり、スープ屋しずくらしい洋風な味にまとまっていた。

日陰は肌寒く、スープの温かさをよりありがたく感じた。

当初はスープを買った後、本部に戻って食べるつもりだった。だけどスープ屋しずくのブースを訪れると、慎哉が裏手の椅子に案内してくれた。スタッフといえども特別待遇に恐縮してしまう。

特等席でみんなの仕事を眺める。慎哉が注文を聞き、梓が会計を済ませる。麻野が寸胴から熱々のスープを注ぎ、パセリを振りかけて慎哉に預ける。慎哉が細かな飛沫を拭き取ってから客へと渡す。

一体感ある手際に惚れぼれしながら、理恵は食事を楽しんだ。


スープを食べ終え、ゆっくり深呼吸をする。

休憩時間の終了まで残り二十分ある。複数の店で食べるのを想定しているため、普段のスープ屋しずくのランチより量が控えめだ。もう一杯食べようか迷っていると、スマホが音を鳴らした。ディスプレイに本部と表示されている。

「もしもし」

「奥谷さん、休憩中にすみません」

「何でしょうか」

嫌な予感がして、スマホを握る手に力が入った。

「実は駐車場の様子が変みたいなんです。ヘルプに向かってもらっていいでしょうか」

「今すぐ向かいます」

残りの休憩時間は返上のようだ。だが駐車場の様子が変という説明では、何が起きているのか理解できない。麻野が心配そうな視線を理恵に向けつつ、丁寧にレードルで紙カップへとスープを注いだ。

ずっと、朝が苦手だった。

本当は一秒でも長く布団に入っていたいし、ごはんよりパンのほうが好きだった。

だけど俺は家族から従順な人間だと思われていた。だから率先して配膳の手伝いをしたし、よく寝坊する兄を起こす役目も引き受けた。パンがいいなんてわがままを言うこともなかった。

俺が意見を通せば、朝の調和を乱す。だから笑顔で黙るしかないのだ。

いつも頼りにされているとは物の言い様で、いつも他人の尻ぬぐいのために利用されてばかりだ。未婚なのに幼児の世話を押しつけられてしまうような、要領の悪い自分が大嫌いだった。

今回だってそうだ。

盗難事件を知ったとき、俺はあの馬鹿(ばか)の仕業だと直感した。

あいつには何度も迷惑を被ってきた。もう関わりたくない。何度もそう思っていたのに、俺は無意識のうちに現場に向かっていた。

あいつが捕まったら悲しむ人間がいる。だから解決するために奔走するしかないのだ。きっと俺はずっとこんな調子で生きていくのだろう。

本当に、最悪だ。

お寺は広々とした舗装済みの駐車場を開放し、さらに第二駐車場として近所の未舗装の空き地も貸してくれた。本来は檀家の所有する土地らしいが、住職が交渉してくれたのだ。

第二駐車場からお寺まで二百メートル近くあり順路も入り組んでいる。そのため道路の要所に案内板も設置した。第二駐車場の空き地にはロープを張り、警備員を配置して自動車を誘導している。さらに無関係な会社の駐車場が隣接しているため、駐車禁止の立て看板で注意喚起もしている。

3

空き地の駐車場に駆けつけると、クラクションが鳴り響いていた。警備員が誘導棒を手に、隣の駐車場に入ろうとする運転手を制止している。

「申し訳ありません。そちらは駐車してはいけないんです」

「それならちゃんと書いておいてよ！」

周囲を見渡すが、立て看板が消えていた。探すと街路樹の陰で横倒しになっている。看板を元に戻すため腕を伸ばした。

「これは……」

看板の上にある丸められた紙ゴミに気づいた。拾い上げると油が染み込んでいて、シナモンの匂いが感じられた。放られたのはついさっきのような印象を受ける。

背後でクラクションの音が聞こえる。慌てて看板を直し、警備員に声をかけた。

「何が起きているのですか？」

警備員が理恵の腕章を見て、困り顔で言った。

「少し前から突然、自動車の動きが変になったんです」

疑問に感じた警備員が確認すると、進入口と退出口の看板が裏返しにされていたという。慌てて直すと、今度は隣にある会社から苦情が届いた。隣のビルの駐車場に勝手に自動車を停める人が出てきたそうなのだ。

さらに駐車場内に逆走する車が出現する。駐車場は一方通行のはずだが、それを指示する看板の方向も変えられていたらしい。

駐車場の自動車はどんどん入れ替えが進むが、案内する人員は最低限に抑えられている。どこから対処するべきか混乱している最中に理恵が姿を現したという。

「私が看板を直すので、誘導をお願いします」

「わかりました」

駐車場に入り、一方通行を示す看板の位置を直す。他に悪戯された箇所がないか調べようと思った直後、本部からスマホに着信があった。

「もしもし。また何か異常でしょうか」

「駐車場が見つからないという電話が複数届いています。路上に設置した案内板に問題が起きている可能性があります」

「実は第二駐車場でも同様の事態に陥っていました」

本部の人間と話し合い、全ての立て看板を一斉に確認することにする。

だが人員が明らかに不足している。そこで先ほど迷子センターで人を借りたようにアルバイトをかき集めることになった。

「申し訳ないのですが、ゲストのアテンドまで間がないため、私は動けません。現場で指示できる人員を派遣してください」

「了解しました」

二十分も経たずにメイが来場する予定だった。依頼時から担当する理恵が付き添うのが筋だろう。電話を切った後、第二駐車場の警備員に質問した。

「看板に悪戯をした人物に心当たりはありますか？」

「実はスーツ姿の男性が何かしていました。年齢は三十歳前後だと思います。腕章をつけていたのでスタッフだと信じ込んでいました」

トイレの案内板に手を加えた犯人と、同一の可能性が高いように思えた。それに会場内で暴力事件を起こした人物もスーツ姿だ。加えて腕章も気になる。アルバイトが紛失した腕章でスタッフに偽装しているのだろうか。

気になるが、動機に見当がつかない。ただの悪戯にしては大がかりすぎる。

駐車場の警備員に後を頼み、本部に戻ることにした。メイは駅から徒歩で来る予定だった。タクシーを使ってもいいと伝えたが、寺の門前町を眺めたいと本人が希望したのだ。

本部前で立っていると、目深に帽子を被ったメイが駆け足でやってきた。走ったのか少し息が切れ、汗ばんでいる様子だ。メイの表情から緊張が感じ取れた。

「本日はよろしくお願いします」

「こちらこそ、がんばります」

寺務所の一室へと案内する。お寺の応接室をＶＩＰ用に使わせてもらっているのだ。柔らかなソファと高級感溢れるテーブルなどの調度品は大切な講演者を迎え入れるのに最適だった。

応接室は暖房が効いていて、メイがダウンコートを脱いでハンガーにかけた。客席からの距離を考えたのか普段よりメイクにメリハリがある。

アルバイトがお茶を用意し、テーブルの上に置いた。メイはお礼を告げてから、落ち着かない様子で室内を見渡している。

「トークショーの整理券は全て配り終えましたよ」

「本当ですか」

メイが両手で口元を覆う。メイの出演はネットでも反響があり、電話での問い合わせも格段に増えた。本日の盛況ぶりはメイの影響もあるはずだ。特設ステージに多くの座席を用意したが、整理券は正午となる前に捌けてしまった。

「私を含め、大勢の来場者さんがトークショーを楽しみにされていますよ」

そこで理恵は肝心なことを思い出した。

「申し訳ありません。お約束のスープを忘れていました。今すぐに持って参ります」

仕事に追われたせいで失念していた、というのは単なる言い訳だろう。駐車場から戻る際に受け取ることもできたはずだ。

「急がなくても大丈夫ですよ」

付き添い中なのでメイから離れるわけにいかない。スタッフに取りに行かせたいが、案内板の点検で人手が足りるかわからない。対処法に悩んでいるとドアがノックされ、返事をしたところ「失礼します」と聞き覚えのある声が聞こえた。

「どうして麻野さんが？」

ドアが開くと、麻野が手に提げたビニール袋を掲げていた。

「ご注文のスープをお届けに参りました」

麻野を部屋に招き入れる。すると蓋付きのスープカップと紙製のお手拭き、スプーンを取り出してテーブルに置いてくれた。戸惑っていると麻野が口を開いた。

「実は露が会場内で理恵さんを見かけ、余裕をなくされていると感じたそうです。スープを受け取られるスタッフもいらっしゃらないので、勝手な真似かと思いましたが直接届けに参りました」

他人の負の感情を見抜くのが得意な露だから、理恵が手一杯になっていることがわかったのだろう。

「さすが露ちゃんですね。実はトラブル中なので、本当に助かります。お忙しいのに申し訳ありません」

「露もスープの盛りつけをしてくれていますし、実は長谷部さんも行列の整理やオーダー業務を手伝ってくれているんです。手際が良くて本当に助かっています」

「伊予ちゃんが来てるんですね」

ブースの外で伊予が注文を聞き、慎哉が会計と食品の受け渡しをしているらしい。飛び込みの手伝いだが、食品に触れなければ問題ないだろう。そして梓と露が共同でスープの盛りつけを担当しているという。

「おかげで長めの休憩をいただけました。良ければ理恵さんもお食べください」

麻野がスープをもうひとつ取り出した。ブース裏で食事をした際、食べ足りなかったのを見抜かれていたようだ。

麻野はカレースープとミルクシチューを用意していた。メイが王道のミルクシチューを選んだので、理恵はカレースープになった。理恵は三人分のお茶をテーブルに並べ、麻野の隣のソファに腰を沈めた。

「いただきます」

メイが蓋を開けるとミルクの爽やかな香りが立ち上った。スープ屋しずくのミルクシチューは油脂分が控えめで、ミルクの風味が鮮烈に感じられる。そこに特製のブイヨンの旨みが加わった逸品なのだ。

「わっ、すごく美味しい！」

メイが声を弾ませる。人参とじゃがいも、玉ねぎ、鶏肉とシンプルだが、具材の味が活き活きと感じられる。理恵が普段食べている味が大勢の人たちを楽しませていると考えると感慨深い気持ちになった。

理恵もカップの蓋を開ける。すると複雑なスパイスの香りが鼻孔に飛び込んできた。

「いい香りですね」

「実は先日、Ｃａｆｅキッサコの夏目店長からスパイスの取引先や扱いのコツをご教授いただいたんです。おかげで以前より香り高くなったように思います」

「そうだったんですね」

プラスチックのスプーンでカレースープをすくう。

「では、いただきます」

麻野は先日、自身の修業先と縁のある洋食店の名物カレーのレシピを知る機会を得た。それによってコクのある欧風カレーを基にしたスープ屋しずく特製のスープカレーがメニューに加わった。

今回のスープは欧風カレーの風味も残っているが、ずっとスパイスの香りが立っている。Ｃａｆｅキッサコを思わせるインド風の味わいだった。贅沢でコクの深い洋食風のカレーより、スパイスが鮮烈なこちらのほうがイベントには合っているように思えた。持ち運ばれたことでかすかに冷めていたが、その分、味わいとスパイスの香りを鮮明に感じられる。

「美味しい……」

思わず深いため息をつく。忙しいのは覚悟していた。だが想定外の出来事が続いたせいで、自覚以上に疲れていたらしい。

具材は刻んだインゲンや人参、玉ねぎのようだ。柔らかく煮込まれた野菜はスープと一体感があり、舌の上でほろりとほぐれる。

小麦粉とも異なる独特のとろみが感じられ、口のなかに余韻を残してくれる。さらに歯応えのある粒々が生み出す食感のリズムが心地良かった。

「この具材は何でしょう」

「トゥールダルというインドの豆を潰したもので、日本ではキマメと呼ばれています。スープのとろみの元でもあって、豆からも充分な出汁が出ます。タンパク質が豊富で、アレルギー症状の緩和やうつ症状の改善が期待できるメチオニンが含まれているそうです」

　そういえば以前にも一度、スープ屋しずくでキマメを食べたことがあったはずだ。するとメイが物珍しそうに首を伸ばしてきた。

「カレースープも美味しそうですね」

「お嫌でなければ、味見してみます？」

「いいんですか？」

　食べ物を分け合うのを衛生面や心理面から避ける人もいる。相手次第だがメイ相手なら気にならなかった。どうやらメイも同じのようだ。すると麻野がスプーンをもうひとつ取り出した。

「予備のスプーンもありますよ」

「さすが麻野さん」

　メイがスプーンを受け取り、理恵のカップからスープをすくった。そして口に運んで満面の笑みを浮かべた。

「カレースープも美味しいです！　トークショーが終わったら食べようかな」

「ぜひそうしてください」

同じ食べ物を共有できるのは幸せなことだ。こんな風に心安らかに誰かと食事を楽しめる時間が、理恵は心から好きだった。

「ブースにはあと一種類、緑のミネストローネもございますよ」

「それも美味しそうです！」

先ほどまでメイの声色には強張りが混じっていた。だけど麻野の料理を口に入れた後は緊張がほぐれている。メイが小さく息をはいた。

「ふう、安らぎますね。実はさっき駅からお寺に来る途中、案内板を勘違いしたのか軽い迷子になってしまったんです。自分の駄目っぷりに落ち込んでいたのですが、ようやく落ち着いてきました」

「……少々お待ちください」

待ち合わせ場所に到着した時点で、メイは息を切らせていた。駅からお寺までの看板まで悪戯されている可能性がある。一旦部屋を出て、本部に伝える。戻ってきたところでメイが心配そうな顔を向けてきた。

「奥谷さん、かなりお忙しかったのですね。私の付き添いをしていても大丈夫なのでしょうか」

「もちろんです。それに変なトラブルが続いて走り回っていたので、ようやくひと息つけて少しホッとしているんです」

「変なトラブルですか？」

メイが首を傾げる。興味深そうな話題への嗅覚はブロガーとしての資質なのだろう。

理恵はイベント開始までの場繋ぎとして説明することにした。

「実は朝から色々ありまして」

忘れ物センターの不審人物からはじまり、迷子センターの女の子やトイレの案内板、救護室に運び込まれた男性や腕章とクラッカーの紛失、そして駐車場トラブルと順番に話していく。するとメイが気の毒そうな視線を向けてきた。

「大変だったんですね」

「お気遣い感謝します。ですがトラブルの対処も仕事ですから」

ふと、麻野の思案顔に気づく。眉間に皺を寄せた顔つきは、麻野がトラブルに直面したときに浮かべる表情だ。

「麻野さん、どうされました？」

訊ねると麻野が深刻そうな口調で返事をした。

「思い過ごしかもしれませんが、今すぐ忘れ物センターの確認が必要かもしれません。僕一人でも構いませんが、可能なら理恵さんがご一緒だと助かるのですが……」

麻野が唐突に立ち上がる。突然の事態に困惑するが、理恵も続いて腰を上げた。

「私は麻野さんに同行します。申し訳ありませんが、メイさんの付き添いは他のスタッフに引き継がせていただきます」

麻野が急を要すると話すなら、相応の事態が起きているはずだ。するとメイが目を丸くしてから両方の手を固く握りしめた。

「私なら一人でも大丈夫ですよ。麻野さんの推理ですよね。あとで詳しく教えてください」

メイも麻野の鋭さは知っている。麻野と一緒に応接室を出て、近くのスタッフにメイの相手を頼む。

本部から忘れ物センターまでは近距離だ。現在常駐しているスタッフを確認した上で電話をかけるのと、直接走って向かうのとで所要時間に大差ないはずだ。

寺務所を出た直後、どこかからクラッカーの音が連続で鳴り響いた。クラッカーは閉場式で鳴らされる予定で、その他の使用は禁止されている。

「近いですね」

麻野と顔を見合わせてから人混みを縫って進む。すると忘れ物センターの前の通路に人だかりができていた。灰色の煙が立ち上り、風に吹かれて掻き消える。

人の群れを掻き分けた理恵は、忘れ物センターの担当スタッフを発見した。

「何が起きたの？」

「奥谷さん、お疲れさまです。誰かがクラッカーの束に火をつけたみたいで、立て続けに破裂したらしいです」

担当スタッフが地面を指差した。先ほどの破裂音と煙はクラッカーの火薬だったらしい。すると麻野が担当スタッフに声をかけた。

「忘れ物センターの方ですね。今、テント内には誰かいるのですか?」

見知らぬ男性に問われたスタッフは困惑しつつ答える。

「えっと、誰もいません。少し前に駅からの案内板の点検とかで呼び出されちゃったんです。でも近くにいるので人の出入りはわかります」

各センターでは最低でも二名が配置されているはずだった。だが予算不足で最低限の人員しかいないため、もう一人は看板の点検に駆り出されてしまったようだ。その上で最後の一名が物音に驚き、持ち場を離れたことになる。

返事を聞いた麻野が忘れ物センターに飛び込んだ。理恵も慌てて続いた直後、目の前の光景に思わず声が出た。

「あっ」

スーツ姿の男性がハンドバッグを抱えていた。忘れ物センターのテントは四方が幕で覆われていて、正面だけに出入口がある。だけどどこからでもくぐることは可能だった。

「うわあっ」

不審人物が奇声を上げ、棚の上の何かを摑んだ。落とし物だと気づいた瞬間には、男性が投げたスマホが理恵に迫りつつあった。

とっさのことで足が動かない。その直後、目の前が麻野の背中で遮られた。鈍い音がして、スマホが地面に落下する。

「待ちなさい！」

スーツ姿の男性がテント奥の幕をくぐり、麻野も後を追って外に飛び出す。

理恵が正面出入口から出ると、忘れ物センターのアルバイトスタッフと鉢合わせた。盗難事件があったと本部に連絡するよう指示を出し、急いで麻野を追いかける。

テントの裏手まで走ると、不審者を麻野が追跡していた。逃亡するスーツ姿の男性に見覚えがある。忘れ物センターでハンドバッグを引き取ろうとしたが、中身の確認ができず去っていった人物だと思われた。

理恵は全力で駆ける。不審者は人通りに出て、参道を横切った。麻野のほうが圧倒的に俊足で、なおかつ人混みを縫う身のこなしが段違いだ。あっという間に不審人物の背中にまで迫っていた。

三十メートルほど走り、麻野が迷子センターの前で不審者のスーツの裾を摑む。不審者が振り払おうとするが、麻野は握ったまま逃がさない。

不審者の怒鳴り声が響き、周囲の人たちが遠ざかる。それから不審者が拳を握りしめ、腕を振り上げた。

「危ない!」

追いついた理恵が叫んだ直後、不審者がなぜか腕を止める。不審者の視線は迷子センターの出入口に注がれていた。テント入り口にいた一人の少女が大声を出す。

「パパ!」

その瞬間、不審者が腕をゆっくり下ろした。すると今度は救護室から人影が飛び出してきた。脳震盪で運ばれた男性が、不審者を見るなり叫ぶ。

「いい加減にしろ、馬鹿兄貴!」

「究……」

不審者が呟いた直後、究と呼ばれた青年が不審者の顔面を殴りつけた。麻野は困惑した表情だったが、よろけた男性が倒れないよう抱き止める。

殴られた衝撃で、不審者の盗んだハンドバッグが宙を舞う。地面に落下し、石畳を転がりながら理恵の靴にぶつかった。

不審人物が麻野から離れ、力尽きたように地面に膝をつく。それから究と呼ばれた青年が不審人物に覆い被さった。

落下の衝撃でジッパーが開いたのか、バッグの中身がこぼれ出ている。

「これは……」

バッグから出てきた輝きに言葉を失う。青緑色や赤色の宝石が、冬の柔らかな陽射しを煌びやかに反射していた。

4

朝のスープ屋しずくのカウンターで、ルイボスティーに口をつけた。ほのかな甘みと優しいミネラルの味が、気持ちを和らげてくれる。

土日にわたって開催された朝活フェスは、もう四日前の出来事だ。無数にある片付けや残務処理も一通り終え、理恵は木曜になってようやく代休を取得した。

自宅で惰眠を貪るのも捨てがたいが、理恵は早起きしてスープ屋しずくを訪れた。無性に麻野のスープを味わいたくなったのだ。

ドリンクを置くと、麻野が目の前にスープを差し出した。

「お待たせしました。ハンガリーの国民的スープのグヤーシュです」

「わ、これがグヤーシュなんですね」

平皿は素朴な乳白色で、手描きの模様が縁取っている。そこに具材たっぷりの真っ赤なスープがよそわれ、表面にイタリアンパセリが散らされていた。皿から肉類や野菜、そして甘やかなスパイスの香りが漂ってくる。

「正式にはグヤーシュ・レヴェシュというそうです。グヤーシュは牛飼い、レヴェシュは汁やスープという意味らしいですね。ハンガリーでは日本の味噌汁のように親しまれる、国のシンボルといっていいスープのようです」

「前から食べたかったんです」

以前起きたアルバイト店員の梓にまつわる騒動で、グヤーシュの名前だけは耳にしていた。スープ屋しずくでも何度か出したことがあるらしいが、理恵はタイミングが合わず一度も口にしたことがない。隣では露もスープに目を輝かせている。

「いただきます」

陶器製の軽いスプーンでスープをすくい、口に運ぶと適度な温かさだった。見た目は真っ赤だが辛みはなく、スープには具材にもなっている牛の上品な旨みが溶け込んでいる。さらに野菜の甘みも溶け合い、優しい味に仕上がっていた。

何より印象的な赤色の元は、パプリカパウダーだという。たっぷりと溶け込んだパプリカの粉が濃密な旨みとコクとして味の根幹を成していた。

さらに細長い種子のようなスパイスも入っている。キャラウェイシードのようで、噛むと爽やかな香りが感じられた。

「美味しい……」

牛肉は細かく刻まれ、脂や筋が綺麗に取り除かれている。煮込まれた赤身部分は噛むとほろりと舌の上でほぐれ、スープに混ざり合って食べ応えを演出してくれる。また牛肉からはほのかに草原のような爽やかな香りも感じられた。

人参と玉ねぎ、じゃがいもは角切りで、野菜のふくよかな甘みを感じた。食べやすく歯触りが心地良い。黄色いパプリカは嚙むと果実のようなジューシーさが弾けた。

スープを口に運んだ理恵は、ふと気になって麻野に訊ねた。

「上品なコクが感じられますね。もしかして普段と油が違ったりしますか？」

麻野の料理は上質なオリーブオイルをよく使用する。果実味が豊かだったり、ナッツのような風味があったりなど、料理によって種類も変えている。

だけど今日のスープには、食べ慣れたオリーブの風味が感じられない。代わりに力強いけれど、軽やかな旨みが加わっている気がしたのだ。

「よくぞ見抜かれましたね。実はハンガリーの食べられる国宝として名高いマンガリッツァ豚のラードを炒め油として使いました。通常のラードの融点が三十六度前後に対し、マンガリッツァ豚は二十六度と大変低くなっています。そのため口当たりがとても滑らかなんですよ」

麻野が嬉しそうに解説をすると、露が目を丸くしてスープを覗き込んだ。

「国宝なのに食べていいんだ」

確かに国宝を食べてしまうなんて大それたことのような気がしてくる。ありがたみを感じながら、スープを舌の上に載せてじっくり味わった。

家庭料理だけあって、牛肉やパプリカパウダー、ラードなど素材の個性は強いのにしみじみと優しい味に仕上がっていた。

毎日でもいただけそうな穏やかな味わいが、疲れた身体をほぐしてくれる。

「不思議です。今日はいつも以上に滋味深く感じます」

スープ屋しずくの料理はいつだって美味しいけれど、普段より栄養が全身に駆け巡るような感覚があった。すると麻野が目を細めた。

「パプリカに含まれるビタミンCや、牛肉に含まれるビタミンB群は疲労回復に役立ちます。また牛肉に含まれるセロトニンは心の安定に寄与するとも言われています。イベント明けでお疲れの心と体が欲するような素材を選んでみました」

「そうだったんですね。お気遣いありがとうございます」

今日のスープは理恵のために作られたらしい。そう思ってから味わうと、一層染みわたる気がした。

麻野に礼を告げてから、店内奥のブラックボードに目を遣る。

本日は牛肉の栄養素について解説されていた。今回のグヤーシュに使用された牛肉は、グラスフェッドビーフと呼ばれる牧草で育てられた牛のようだ。だから食べたときに草原のような香りが感じられたのかもしれない。

グラスフェッドビーフの肉質は赤身が多く、トウモロコシなど穀物で育てられたグレインフェッドビーフより脂質が少なくヘルシーなのだという。貧血予防に効果がある鉄分の含有量が多く、肝機能を向上させるとされる共役リノール酸も豊富に含まれているそうなのだ。

体力回復に牛肉の活力は大事なのかもしれないけれど、あまりにこってりしていると抵抗感を抱いてしまう。だけど麻野の手がける優しいスープなら、身体が自然に受け入れてくれる。

バゲットのスライスを口に運ぶ。しっかり焼き上げられた表面は硬い。水分量が多いのか白米のように艶めき、もっちりとしている。小麦の香りが活かされていて、スープを引き立ててくれる。

料理に集中していると、隣から露に話しかけられた。

「事件について教えてもらってもいいですか？」

露は騒動の最中、スープ屋しずくを手伝っていた。だから何が起きたのか知らないのだ。

カウンター越しに一瞥すると、麻野が小さく頷いた。刑事事件だから念のため、伝えていいか麻野の許可がほしかったのだ。

「それじゃお話しするね」

どうやら大丈夫らしく、理恵は小さく咳払いをする。

イベントの日は朝からパトカーの台数が多く見受けられた。その原因についてお寺で修行する安田から、市内の資産家宅で事件が起きたことを教えられた。

「イベントで起きた騒動の犯人は宝石泥棒だったの」

「そうみたいですね。ニュースでやっていました」

露が興奮した様子で返事をする。ネットなどである程度調べていたに違いない。自分が参加したイベントで発生し、理恵や麻野が巻き込まれた事件なのだ。興味を抱くのは当然だろう。

宝石泥棒は被害者の遠縁に当たる人物だった。そのため宝石の在り処や資産家の外出予定も熟知していたらしい。資産家が事あるごとに財産を自慢していたため、標的として選んだようだ。

イベント初日の朝に事件は発生し、すぐに盗難は明るみに出た。だが覆面をしていたことや証拠が残っていなかったため、警察は犯人の素性を特定できなかった。

ただ防犯カメラの映像や目撃情報から、犯人は徒歩で逃走したことが判明する。そのためパトカーでの巡回を増やし、検問や駅での警備強化などで捜査に当たった。

「犯人は市内を歩き回って、ほとぼりが冷めてから逃げる気だったみたい。どこで時間を潰すか迷っている最中、偶然通りかかった朝活フェスに立ち寄ったらしいんだ」

人混みであれば目立たないと考えたのかもしれないが、宝石泥棒が何を思ってイベント会場に潜んだのか真相はわからない。

ただ弟である田中究によると、宝石泥棒は昔から朝の時間に思い入れがあるらしかった。詳しい理由までは聞いていないが、朝活フェスに惹かれたのには何かバックグラウンドがあったのだろう。

理恵が犯人を最初に目撃したのは、巡回を開始した矢先の出来事だった。

会場を歩いていた際、転倒した少年を発見した。理恵が駆け寄ろうとすると、人混みに遮られて足踏みをすることになった。

その間にスーツ姿の男性が少年に話しかけ、落とした小銭を一緒に拾っていた。あのスーツ姿の男性が犯人だったのだ。

宝石泥棒は落とし物を拾うため、抱えていたハンドバッグを小脇に置いた。小銭が散らばったらしく手間がかかったらしい。そして拾い終えて少年を見送ると、地面に置いたバッグが消えていたそうなのだ。

目を離したのは数分だけだ。だがその間に団体客が間違えてハンドバッグを持っていってしまったのだ。

ハンドバッグには盗んだ宝石が入っていた。盗難品から目を離して子どもを助けたことに関しては憎めない気持ちになるが、当人としては頭が真っ白になるほどの衝撃だったはずだ。

間違えた人物はすぐに気づいて戻ったが、宝石泥棒は捜索のためすでに移動していた。そしてハンドバッグは忘れ物センターに届けられることになった。

「犯人は会場中を探したみたい。だけど発見できず、最後の望みを忘れ物センターに賭けたんだ。そこで発見して取り戻せそうになったけど、私が規則を守らせたせいで失敗してしまったの」

忘れ物センターからの立ち去り際、苛立ちを顕わにしていた。あと一歩で取り返せたのだから、腸（はらわた）は煮えくりかえっていたはずだ。

忘れ物センターにはスタッフが常駐しているため、強引に奪うのは難しい。そのため本部スタッフの理恵を尾行したというのだ。会話を盗み聞きし、奪取するための計画を練ろうと考えたそうだ。

そしてスタッフの人手不足と、理恵がゲストに付き添うという情報を得た。

そこで麻野がカブを洗いながら口を開いた。

「僕たちの会話を聞かれていたわけですね」

「そうなります」

麻野とスープ屋しずくのブース近くで交わした会話が情報源だったようだ。宝石泥棒は至近距離にいたことになるが、つけ回されていた事実に全く気づかなかった。

そして宝石泥棒はある計画を打ち立てた。

その前段階としてトイレの案内板に悪戯を仕掛けた。そして案内板の点検のためにスタッフがどれだけ動員されるかを観察したという。

その結果、宝石泥棒は迷子センターのスタッフが駆り出される状況を知った。そして大規模なトラブルが発生すれば忘れ物センターのスタッフも手伝いに行くと考えた。

だが直後に予想外の事態が発生する。

イベント会場で実の弟である田中究に見つかったのだ。

究は資産家の宝石が盗難されたのを知り、兄の犯行を疑った。根拠はなかったようだが、兄の性格をよく知る弟としての直感だったようだ。

究の兄は昔から定職に就かず、亡き親の遺産を使って商売をしては失敗を繰り返していた。挙げ句に妻に逃げられ、残された娘の世話まで究に押しつけていた。そしてここ一ヶ月は音信不通だったそうだ。

究は姪を連れ、資産家の元を訪れて事情を聞いた。だが兄の犯行という証拠は得られず、帰宅途中に朝活フェスの会場近くを偶然通りかかることになる。

そこで助手席に座る姪が、パパがいたと騒ぎ出したという。

究は兄が早朝の時間に思い入れがあることを思い出す。そして姪の言葉を信じ、朝活フェスの会場を探すことにしたのだそうだ。

理恵と究が衝突しそうになったのは、会場に入った直後のことだった。兄を探していたせいで注意力が散漫になっていたようだ。

そして究は兄の姿を発見するが、人混みの先に見失ってしまう。本腰を入れて探そうと考えた究は、申し訳ないと思いながら姪に迷子センターに行くように命じた。

究は姪に名前や住所を内緒にするよう指示した。素直な性格だったため、スタッフや理恵が質問しても頑なに答えなかったのだ。

一方で宝石泥棒は計画を進め、まずは人混みに乗じてスタッフの腕章を盗んだ。腕章があればスタッフと思われ、行動の自由度が増すと考えたのだろう。そして本部に忍び込んでクラッカーを盗み出すことに成功した。

だがそこで宝石泥棒は、究に見つかることになる。

逃げようとするが、究に追いつかれて揉み合いになる。そして突き飛ばされた究は頭を打ち、脳震盪を起こして救護センターに運ばれたのだ。

究に発見されたことで逃げるべきか悩んだが、宝石をあきらめきれなかった。

そして宝石泥棒は計画を実行に移す。腕章をつけて駐車場や近隣の道路を巡り、看板を滅茶苦茶にしていった。案内板の位置はクラッカーを盗む際に資料を入手したのだろう。

狙い通り、スタッフの多くが案内板の点検に動員される。そして駅からお寺への案内板にまで手を出した結果、忘れ物センターの人員まで駆り出されることになる。

そして忘れ物センターが一人になったのを見計らい、盗んだクラッカーに火をつけた。破裂音と煙で騒ぎを起こし、スタッフをテントの外におびき出すことに成功したのだ。

宝石泥棒は裏口からテントに侵入した。ハンドバッグを探すが、理恵の指示で棚の奥に隠すように置かれていた。見つけ出すのに手間取り、ようやく発見した直後、麻野がテントに飛び込むことになった。

宝石泥棒はハンドバッグを抱え、追いかけてくる麻野から必死に逃走した。だが足の速さが段違いだったようで、あっという間に追いつかれる。

確保された現場は迷子センターの目の前だった。麻野に怒声を浴びせると、迷子センターにいた女の子が父親の声に気づいた。

突然姿を現した娘に宝石泥棒は怯み、麻野へ振りかざした拳を下ろした。娘の面前で暴力を振るうことができなかったようだ。

そして騒動に気づいた究も救護センターから出てきた。そこに兄の姿を発見し、激昂(げっこう)した究が右ストレートを繰り出した。

宝石泥棒は倒れそうになり、麻野がとっさに抱きとめる。そしてハンドバッグが宙を舞い、理恵の足元に落下することになる。

その時点で逃走する気力を失っていたようだ。確保後に本部で全てを白状し、警察に連行されたことで事態は終わりを告げたのだった。

「大変だったんですね。本当にお疲れさまでした」

「いえいえ、とんでもないです」

露から労い(ねぎら)の言葉を送られる。朝活フェス初日、理恵は異様な忙しさに追われていた。だがその大半は宝石泥棒の仕業だったのだ。

ありがたいことに住職の厚意で、犯人の引き渡しは本堂の裏手で行うことができた。パトカーや制服警官の姿で、来場者が不安を覚えてしまうことは極力避けたかった。

麻野と理恵は警察署で事情聴取を受けた。お店は慎哉や梓、露、伊予たちが切り盛りしたらしい。麻野の事情聴取は幸いにも短く済み、早い時間に戻ることができた。

理恵は残念なことに、メイのトークショーに足を運べなかった。後から観た録画映像では、堂々とした態度でトークショーを成功させていた。

「実は昨日、犯人の弟さんが会社に謝罪に来ました。犯人は警察で反省した様子を見せているようで、会社として被害届を出すかどうか検討中です」

理恵は事件の詳細について究から話を聞いた。「俺はいつも兄貴の尻ぬぐいばかりなんです」と言いながら、究は苦々しく口元を歪めていた。

告訴すれば偽計業務妨害などで逮捕される可能性もある。だが目立った損害もないので、社内では大事(おおごと)にしないという雰囲気に傾きつつあった。

究の話では宝石盗難についても親族間で話し合いが行われる予定らしい。全て戻ってきたこともあり、被害届が取り下げられる可能性もあるという。

宝石泥棒の素性を理恵は知らない。だが宝石を抱えながら、転んだ子どもを見過ごせなかったことが印象に残っていた。

何より父親を慕う娘がいるのだ。女の子が叫んだ瞬間、暴力を中断した。これだけの要素で判断するのは間違いかもしれないが、本人にとって良い流れに向かってほしいと願っている。

事件について知る情報はこれが全てだ。居住まいを正し、麻野に頭を下げた。

「色々ありましたが来場者数も予想を大幅に超え、泥棒騒動以外に大きなトラブルも起きませんでした。イベントが成功したのは麻野さんのおかげです。本当にありがとうございました」

「いえ、僕はほんの少し手助けをしただけに過ぎません」

麻野が微笑を浮かべ、泥付きのゴボウを取り出した。そして亀の子だわしを取り出し、丁寧に表面を磨くように撫でた。

開催期間中、理恵は数多くの知り合いを見かけた。忙しさのせいで話し込むことはできなかったけど、声をかけていた友人もいれば、朝活フェスに興味を示していた理恵の実家の両親の姿もあった。

スープ屋しずくの常連客の姿も何度か見かけた。そのなかにはかつて、麻野の洞察力で悩みの解決に至った人も混ざっていた。スープ屋しずくがいかに愛されているか、理恵はあらためて知ることになった。

そして意外な人物も目にした。麻野の母親が会場に来ていたのだ。人混みに隠れるように身を小さくして、傍らには麻野の母親の知人である水野省吾の姿もあった。

麻野の母親の手には、スープ屋しずくと思しきカップが握られていた。

露からこっそり教わったのだが、麻野の母親はスープ屋しずくのブースを訪れたという。麻野は母親の存在に気づき、自らスープカップを渡したそうだ。

麻野と母親の間には深い確執がある。両者の間に会話はなかったそうだが、それでも大きな進歩のはずだ。

麻野の母親は大事そうにスープを味わっていた。その慈しむような表情が、理恵の心に強く印象に残っている。

理恵はイベント二日目の閉場の瞬間を思い出す。

場内アナウンスが流れると、自然と拍手が巻き起こった。本部の係員や各ブースのスタッフ、寺院関係者が同時に手を叩く光景に、理恵は思わず涙ぐんだ。

朝活フェス成功のために大勢の人間が同じ方向を目指し、一生懸命駆け回り、必死に汗を流した。困難もたくさんあったけれど、何とか乗り越えることができた。

イベント終了から数日が経過し、会場でのアンケートの集計も終わった。インターネット上での評価や出店者たちの意見も集まってきている。

来場者からの声は、朝活の魅力に惹かれ、興味を抱いたという内容が多くを占めていた。メイのトークショーを聞いた後、夫婦でジョギングをはじめたという年配の女性のブログを発見したときは温かな気持ちになった。

運営側はイベントを通じて、朝活という価値観を参加者に提供できたように思う。健やかな生活を広めるという麻野の願いにも、きっとある程度は貢献できたはずだ。

出店者からの声も上々だ。いなだ屋でも遠方から訪れる客がさらに増えているという。絹村から届いたメールにも朝活フェス以降、海緒が毎朝お店の野菜サンドを食べてから登校するようになったと記されてあった。イベントで店を手伝ったことで、絹村家の関係性にも変化が訪れたのだろう。

他の参加店や企業からも、来客数や問い合わせの増加など好意的な報告が届いている。来てくれた友人や知人からも、楽しかったと連絡をもらえていた。もちろん少なくない苦情に真摯に耳を傾けることも忘れてはならない。

伝えたい情報を、相手の反応を見られる状況で発信する。一方向ではない繋がりを意識したコミュニケーションを、大規模で非日常な会場で共有するからこそ、体験はより印象深いものになる。

運営の目や耳に届いていないところでもきっと、朝活フェスによって生活に変化があった人たちはたくさんいるはずだ。イベントを終えた理恵は、そう強く信じることができた。

理恵は元々、大勢で集まることが苦手だった。一人や少人数で過ごす時間を尊ぶ気質は今でも変わらない。

それでも今回の企画を通して得た昂揚感と充実感は、かけがえのないものになった。大なり小なりイベントを開くことはきっと、人々にとって必要なことなのだ。

どんな障害があったとしても、きっとイベントはなくならない。今後もずっと繰り返され、多くの人の感動を呼び起こしていくのだろう。この仕事を成し遂げたことは、理恵にとって誇りになった。

ただ一点、麻野には申し訳ない気持ちでいっぱいだった。

「事情聴取まで受けさせてしまい、麻野さんには改めて謝罪します。本当に申し訳なく思っています」

麻野が焦った様子で口を開いた。

「そんな、謝る必要なんてありません。単に僕が出しゃばっただけですから。むしろご迷惑をかけたと反省しています」

麻野は理恵の話から犯人の思惑に気づいた。まずは立て看板への悪戯から陽動の可能性を疑い、スーツ姿という共通点から忘れ物センターの男性を怪しく思ったという。

加えて疑わしいと思った理由はチュロスだったという。

忘れ物センターを訪れた男性は、ジャケットの腰ポケットに細長い紙袋を入れていた。折り曲げられた口の部分が覗いていたから、ある程度の長さがあると考えられる。

会場内では様々な食品が売られているが、該当するのはスペインバルで販売されていたチュロスしかない。スペインでは朝食としてチュロスを食べる習慣があり、現地出身の料理人が屋台で出す料理として選んだものだった。

理恵は第二駐車場で立て看板を直した際に、紙ゴミを発見した。横倒しの看板の上に載っていて、近い時間に捨てられたと思われた。状況から犯人が捨てた可能性は充分に高いと考えられる。

紙ゴミは油が染みていて、シナモンの匂いが漂っていた。チュロスは油で揚げた料理で、仕上げにシナモンシュガーを振りかける。スペインバルで出されたものも、日本でよく知られたレシピだったようだ。

忘れ物センターに現れた男性はポケットにチュロスらしきものを入れていた。おそらく食べかけで口を閉じていたのだろう。そして駐車場を悪戯した人物は、作業の合間にチュロスを食べ終えてゴミを適当に捨てたのだ。

スーツ姿の人物は珍しくないが、チュロスを持ち歩いているという共通点があった。同一人物である確率は高まるはずだ。

宝石泥棒は最初、チュロスを食べるなどしてイベントを満喫していたのだろう。別々に来場した父と娘がどちらもチュロスを食べていたことは微笑ましさも感じるが、物寂しい気持ちにもさせられた。

そして推理の結果、麻野は犯人と対峙する結果になった。

「麻野さんに聞きたいことがあります」

宝石泥棒は、忘れ物センター内でスマホを投げつけてきた。理恵に向かって飛んできたスマホから、麻野は身を挺してかばってくれた。

胸に小さな痛みが走る。

確保する際も、犯人に殴られる可能性があったのだ。鈍器や刃物を所持していないとも限らない。幸いなことに怪我はなかったが、わざわざ麻野が追いかけてまで捕まえる必要なんてないのだ。

麻野が大怪我を負う事態を考えるだけで背筋が寒くなる。

「どうして、あんな無茶をしたのですか」

口調に非難が混じるのがわかった。麻野が目を伏せ、口を閉ざす。神妙な表情は返事を探しているように見えた。何を言い淀んでいるのだろう。

店内に沈黙が落ちる。するとスープを飲んでから、露が言った。

「責任者が理恵さんだからだと思います」

「えっ」

「こら、露！」

理恵は会場サービス業務の責任者だった。来場者案内や救護業務、クレーム対応に加え、遺失物の取り扱いも含まれる。つまり忘れ物の管理も担当していたのだ。

麻野には業務内容は伝えてある。犯人が捕まえられなければ、運営の不備として捉えられかねない。忘れ物センターで盗難が起きてしまえば、持ち場を離れたのが担当スタッフだとしても、最終的には理恵の責任になるはずだ。

「あの、それって……」

露は理恵が忘れ物センターの責任者だったから、麻野が犯人を追いかけたと言っているのだ。

麻野が赤くなった顔を逸らして黙り込む。露の言葉の真偽について言及する気はなさそうだ。

「ありがとうございます」

胸の奥が熱くなるけど、理恵は目を強く閉じた。

「でも、二度とあんな真似はしないでください。麻野さんに何かあるくらいなら、私が責任を負うほうがずっとマシです。私をかばったときも、犯人に殴られそうになったときも、本当に怖かったんですから」

目をつぶったのは、瞳に涙がにじんだからだ。あのときの恐怖を思い出すと、今でも胸が張り裂けそうになる。

「ご心配をおかけしてしまい、申し訳なく思います」

目を開けると、麻野が神妙な面持ちで頭を下げた。

気持ちを落ち着けてから、食事を再開させる。匙に口をつけ、ゆっくりと味わう。そして朝活フェスに取り組んできた日々を思い出していく。

理恵はイベントの企画を通して、様々な体験をした。

ブーランジェリー・キヌムラの店主の絹村は、夫として父親として、頼り甲斐のある人間になろうとしていた。

いなだ屋の店主の稲田は自分にしかできないことに挑戦したいと願い、自分を変えるチャンスを得るため出店を決意した。ブロガーのメイもネガティブな自分を変えるためブログを開始し、トークショーに怯みながらも引き受けてくれた。

Ｃａｆｅキッサコの安田も自らの罪を悔い、内面と向き合おうとしている。

宝石泥棒も自分を変えようとして、その方法を間違えた。だけど今回の失敗を機にきっと正しい道を選べるようになるはずだ。

みんなが現状と必死に戦いながら、それでも新しい一歩を踏み出そうとしている。世の中の多くの人々が、そんな風にして生きているに違いない。

だけど、自分はどうだろう。

カウンター越しに麻野を見つめる。麻野は鍋にオリーブオイルを回し入れ、コンロに火をつけた。

ふいにベルの音が鳴る。ドアが開き、スーツ姿の女性が店内を覗き込んできた。

「あの、すみません。朝活フェスでここのことを知って来てみたんですけど。お店はやっていますか？」

「おはようございます。いらっしゃいませ。はい、営業していますよ。朝は日替わりスープ一種類だけで、本日はハンガリーのスープですがよろしいでしょうか」

「わあ、本当に開いているんですね。ぜひお願いします」

女性が顔を明るくさせ、店に足を踏み入れる。麻野はテーブル席へと導き、初来店の客に朝食のシステムを説明しはじめた。

きっとこれからも、たくさんのことが変わっていくのだろう。

伊予は理恵と親しくなるために、あちらから一歩を踏み出してくれた。その気持ちは嬉しかったし、飛び越えてくれたことに感謝している。

麻野はかけがえのない人だ。危機に晒（さら）された瞬間に、その事実をあらためて思い知った。だけど心穏やかな関係に安心したまま、何も変えられずにいる。

きっと、それでは駄目なのだ。

理恵はグヤーシュに口をつける。ハンガリーの象徴にもなっているというスープは、懐かしいような不思議な安心感と、異国の料理を初めて食べるときの新鮮な気持ちが同時に味わえた。

気持ちを麻野に伝えよう。今の距離感は心地良いけれど、一歩踏み出すことで変えるのだ。そうしなければきっと、大きな幸せは得られない。優しいスープを堪能しながら、理恵は強く心に誓うのだった。

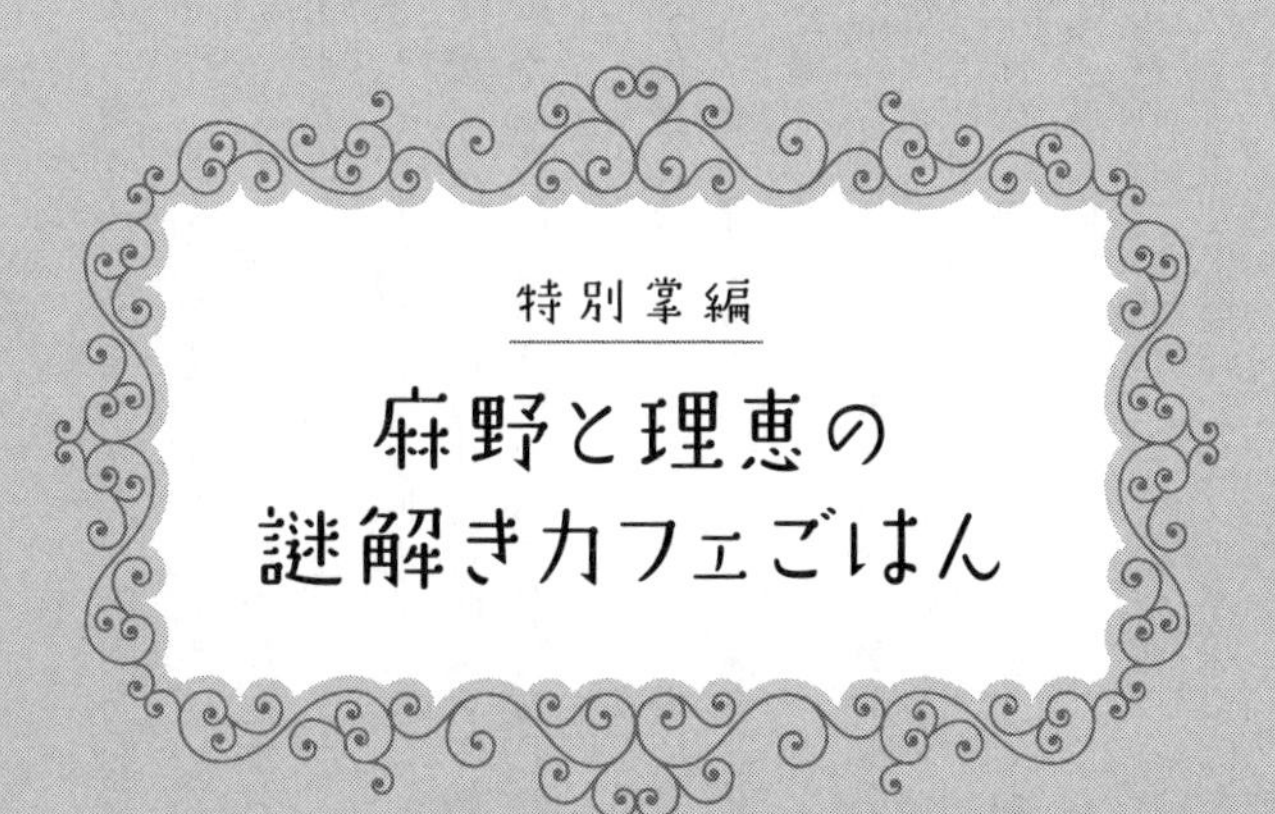

特別掌編

麻野と理恵の謎解きカフェごはん

大きなガラス窓から入り込む太陽の光が、店内を照らしていた。

壁や天井は翡翠色で、食器も同じ色で揃えられている。オールドアメリカ風のレトロポップな調度品が控えめに飾られ、店内中央に置かれたビリヤード台ではシャツや小物などのオリジナル雑貨が販売されていた。

「素敵なカフェですね。それに料理も美味しいです」

「お気に召したようでよかった。飲食店関連の会合で知り合った方のお店なんです」

麻野は向かいの席から笑顔で答えてから、名物らしいサラダボウルにフォークを持つ手を伸ばした。

日曜の昼、理恵と麻野はカフェでランチを摂っていた。麻野はスープ屋しずくというレストランのシェフで、理恵は店の常連だ。調理器具を麻野に選んでもらうために一緒に買い物をした帰りのことだった。

理恵が食べているのも同じサラダボウルだ。ケールをベースにアボカドやキヌア、ひよこ豆、生のマッシュルーム、大きな茹で海老やスモークチキンなど具材が盛りだくさんだ。理恵が小皿のマヨネーズをボウルに加えてからサラダを口に運ぶ。

「豆乳マヨネーズも美味しいですね」

「そうですね。あっさりしていて食べやすいです。うちでも出してみたいですね」

サラダはオリーブオイルと岩塩のシンプルな味つけだったが、別添えの豆乳マヨネーズを使うことで飽きることなく食べ進められた。

理恵がほくほくのひよこ豆を咀嚼していると、店内奥から女性が近づいてきた。

「麻野くんだよね。いらっしゃい」

長袖の白いパーカーにシンプルなジーンズという気取らない格好で、黄色のバンダナを三角巾のように巻いている。年齢は三十代半ばくらいで、化粧気のない顔に快活そうな笑みが浮かんでいた。

「山田さん、こんにちは。お邪魔させていただいています」

麻野は理恵に、オーナーの山田を紹介してくれた。アパレル関係から飲食業界に参入し、瞬く間にこのカフェを含めて店舗を四つも経営するようになった遣り手らしい。

理恵はスープ屋しずくの常連客だと自己紹介してから、サラダボウルに感動したことを伝える。すると山田は満足そうに頷いた。

「うちは食材の仕入れにもこだわっているから、麻野くんの料理で舌が肥えた方でも気に入ってもらえると思うよ。そうだ麻野くん、亜麻仁油について詳しくない？」

「日替わりメニューで何度か使ったことはありますよ」

亜麻仁油は健康食材として注目されている食用オイルだ。山田は近くのテーブルで余っていた椅子を客に断りを入れてから借り、理恵たちの席の脇に腰を下ろした。

「特別に安く入荷できる予定で、たっぷり使った新メニューを開発したいんだ」

山田が最近知り合った輸入食材を扱う業者が、大量の亜麻仁油の引取先を探しているらしかった。それで特別に破格の値段で買うことになったという。

「大口の取引先が破産して、在庫が余っているらしくてさ。ちなみに値段はね……」

山田が耳打ちすると、麻野が目を大きく広げた。

「それはお安いですね」

「そうでしょう。すごく上質な油だったから、お客さんにも喜んでもらえると思う。でも条件が一括購入なの。さすがに多いから飲食をやってる知り合いにも大勢声をかけてるんだ。よければ麻野くんも一口乗らない？」

「大量だと保存が大変そうですね」

「先方は管理にすごく気を遣っていたから安心して。光を遮断できる容器で密閉して、空気に触れさせないように配慮してあったから。味見をしたときも、缶を極力揺らさないよう細心の注意を払っていたんだ」

麻野の眉が一瞬だけ上がり、理恵は何かを察知したことに気づく。最近、推理をする前の微妙な変化が何となくわかるようになってきた。

「申し訳ありませんが、商品の写真などはありますか？」

「一応、倉庫をスマホで撮影したけど」

山田がジーンズのポケットからスマホを取り出し画面を操作した。麻野がフォークを置いてから受け取り、難しい顔で画面をじっと見つめる。

「本当にたくさんありますね」

「これだけの大量仕入れだと不安になるよね。ただ向こうもその点は承知していて、味見の時に並んでいる一斗缶から私に自由に選ばせてくれたんだ」

　山田が麻野に見せたのは、倉庫に並ぶ大量の金属製の一斗缶の画像のようだ。値下げしていても亜麻仁油はそれなりに高価なはずだし、一括で買うのなら総額も大きい。品質も気になるはずだ。そのため業者は山田に缶を選ばせた上で、その場で封を開けたのだそうだ。

「私は奥にあった缶を適当に指差したの。それから業者さんが揺らさないよう慎重に運んでから開栓して味見させてくれたんだ」

　山田が胸を張る。取引相手に自由に選ばせたのであれば、業者はどの缶を選んでも中身の品質に自信があったのだろう。しかし麻野は訝しそうな態度を崩さない。

「食用油であれば、ある程度揺らしても品質に影響はないはずですが」

「そういうものなの？　でも慎重になるのは悪いことじゃないと思うけど」

　異業種から参入した山田は、麻野より食材の管理について詳しくない様子だ。麻野が二本の指でスマホの画面をなぞる。画像を拡大したようだ。

「缶の注ぎ口が小さいようですが、どのように味見をされたのでしょうか」

「向こうが用意したスプーンを差し込んですくったの。……あんまり疑うようなら、麻野くんは購入しなくても構わないけど。実は明日の午前までに入金しないといけないから、時間もないんだ」

苛立ちからか山田がテーブルを指で叩く。すると麻野が山田の瞳を覗き込んだ。

「味見用のスプーンは、柄が短かったのではないですか」

「えっと、そうだけど」

山田が狼狽しながら答えると、麻野が小さくため息をついた。

「それでしたら入金の前に、もう一度商品を確認したほうがいいかもしれません」

「どういうこと？」

山田が不安そうに訊ねると、麻野が画像を指差しながら推理を披露した。説明が進むにつれ、山田の顔色が青ざめていく。

「情況証拠だけなので確証はありませんが、念のため――」

「直接倉庫に向かう。麻野くん、ありがとう」

山田が勢いよく席を立ち、慌てた様子でバックヤードに消えていった。

「わるくない結果になるといいですね」

「そうですね」

麻野が心配そうに、山田が消えていった先を見つめている。理恵がオレンジジュースに口をつけると、しっかりした甘さと鮮烈な酸味を感じた。麻野は正面に向き直り、サラダボウルのアボカドにフォークを突き刺した。

　スープ屋しずくは早朝にも店を開けていて、冷たい空気のなかで店先の照明が暖かそうに灯っていた。理恵が出社前に訪れると、入れ替わるように山田が出てきた。気まずそうな表情で会釈をして、足早に去っていくのを横目に見ながら店に入る。

「おはようございます、いらっしゃいませ」

　エプロン姿の麻野が、カウンターの向こうで器用にセロリを刻んでいる。ブイヨンの香りを含んだ店内は適度な湿度に包まれ、心地良い包丁の音が響いていた。

　理恵はカウンター席に腰を下ろす。しずくの朝食メニューは日替わりの一種類だ。本日はタラの芽を使ったスープらしく、理恵は期待に胸を膨らませながら注文した。

「そういえば山田さんとすれ違いませんでしたか」

「はい。先日の件に進展があったのですか？」

　麻野と一緒に山田と会話をしたのは二日前の出来事で、続報が気になっていたのだ。麻野がレードルを手に取り、丁寧な手つきでスープボウルにスープを注いだ。

「推測は正解だったようで、入金は取り止めたそうです。山田さんはカフェでの仕事や事後処理でお忙しいため、朝の時間にわざわざ御礼に来てくださったんです」

麻野が理恵の前にボウルを置いた。

「お待たせしました。タラの芽と春野菜スープです」

木製の柔らかな丸みを帯びたスープボウルに刻んだ春キャベツや新玉ねぎ、そして大ぶりのタラの芽が入っている。

木製の匙ですくって口に運ぶ。主役のタラの芽はもちっとした食感で、山菜特有の爽やかな苦味が感じられる。余分な油が除かれたチキンブイヨンはあっさりした味わいで、春野菜の活き活きとした味わいが溶け込んでいた。

「今日も美味しいですね」

「お口に合ったようで何よりです。もしよければ途中からこちらを入れてください。先ほど山田さんから頂戴した上質な亜麻仁油です。高い温度だと酸化してしまうので、ある程度冷めてから入れてください」

麻野が小皿に透明の油を注ぎ、ボウルの脇に置いた。詐欺被害を回避させてくれたことに対する礼なのだろう。

理恵は麻野の推理を思い出す。

山田は取引先から、倉庫に置かれた大量の一斗缶を亜麻仁油だと説明された。しかし実際は缶の中身のほとんどが水だったというのだ。

ただし缶には容量の二十分の一くらいの亜麻仁油が入れてあった。

水と分離した亜麻仁油は表面に浮かぶことになる。卵や豆乳に含まれるレシチンなど乳化剤の働きでもなければ、マヨネーズのように混ざり合うことはない。

金属製の一斗缶なので外からは判別できず、小さな注ぎ口からでは中身も見えにくい。管理に気を遣うふりをして揺らさないようにした上で、柄の短いスプーンを差し込めば表面の油だけをすくうことになる。

大量に置いてあった一斗缶には全部同じ仕掛けが施してあった。全て合わせればそれなりの量の亜麻仁油が必要になるが、一括で販売することに成功すれば、一斗缶の購入金額や倉庫代を差し引いても充分儲かる算段だったようだ。

「麻野さんはよく気づけましたね」

「実はサラダ油を使った似たような詐欺事件が、一九六〇年代のアメリカで起きているのです。そのときは今回よりずっと大規模で、巨大なタンクが満杯になるほどの海水にサラダ油を浮かせていたようです。昔の事件だったため山田さんはご存じなかったみたいですね。山田さんが通報した後、犯人は余罪があったようで逮捕されたそうです」

「危ないところでしたね」

山田は危うく大金を失い、同業者からの信頼もなくすところだった。

スープの温度が下がってきたので、亜麻仁油をボウルに注いだ。表面に油が玉のように浮かぶ。匙ですくって飲むと、ナッツを思わせる風味が鼻孔を通り過ぎた。理恵はゆっくり深呼吸し、穏やかな朝の空気に身を委ねた。

《参考文献》

『「イベント検定」公式テキスト「基礎から学ぶ、基礎からわかるイベント」』一般社団法人日本イベント産業振興協会　二〇一六年
『世界のスープ図鑑：独自の組み合わせが楽しいご当地レシピ317』佐藤政人　誠文堂新光社　二〇一九年
『知っとこ！世界の朝ごはん　おいしいレシピ集』知っとこ！制作スタッフ　宝島社　二〇一四年
『世界の味をおうちで楽しむ旅するスープ』荻野恭子　ナツメ社　二〇一九年
『絵でわかる食中毒の知識』伊藤武　西島基弘　講談社　二〇一五年
『異能を旅する能　ワキという存在』安田登　ちくま文庫　二〇一一年

初出
「優柔不断なブーランジェリー」『「このミステリーがすごい！」大賞書き下ろしBOOK　vol．24』二〇一九年
「鶏の鳴き声が消えた朝」　書き下ろし
「骨董市のひとめぼれ」　書き下ろし
「壊れたオブジェ」　書き下ろし
「朝活フェス当日　～理恵の忙しすぎる日～」　書き下ろし
「麻野と理恵の謎解きカフェごはん」『3分で読める！　コーヒーブレイクに読む喫茶店の物語』　宝島社文庫　二〇二〇年

この物語はフィクションです。もし同一の名称があった場合も、実在する人物・団体等とは一切関係ありません。

宝島社
文庫

スープ屋しずくの謎解き朝ごはん
朝食フェスと決意のグヤーシュ
(すーぷやしずくのなぞときあさごはん　ちょうしょくふぇすとけついのぐやーしゅ)

2021年11月19日　第1刷発行

著　者　友井 羊
発行人　蓮見清一
発行所　株式会社 宝島社
〒102-8388　東京都千代田区一番町25番地
電話：営業 03(3234)4621／編集 03(3239)0599
https://tkj.jp
印刷・製本　中央精版印刷株式会社

ISBN 978-4-299-02232-5

3分で読める!
コーヒーブレイクに読む
喫茶店の物語